ラカンドン密林のドン・ドゥリート

カブト虫が語るサパティスタの寓話

マルコス副司令＝著

小林致広＝編訳

現代企画室

ラカンドン密林のドン・ドゥリート

カブト虫が語るサパティスタの寓話

装丁——有賀　強

ラカンドン密林のドン・ドゥリート　目次

本書の成立ちについて

一、本書の編集方法については、巻末の「訳者からの追伸」に記した。各文章が最初に掲載されたメヒコの日刊紙“La Jornada”に基づいて訳出しつつ、部分的には以下に収録されたテクストを参照した場合もある。

Cuentos para una soledad desvelada, textos Sup Marcos, Frente Zapatista de Liberación Nacional, 1997. México.

Don Durito de la Lacandona, Subcomandante Marcos, Centro de Información y Análisis de Chiapas, A. C.（CIACH）, 1999. México.

二、サパティスタは、自らが公表した文書に関わる著作権を主張してはいないが、日本語版の翻訳者と出版社は、意義深い文書を生産しているその「労働」に対して、基準以上の「報い」をしてきた過去の方針を今後も踏襲することを明らかにしておきたい。

三、カバーおよび本文に挿入したイラストは、*Don Durito de la Lacandona* に挿入されている Beatriz Aurora の作品を使用した。一五三頁のイラストのみが例外で、これは *Cuentos para una soledad desvelada* 収録のものである。

【現代企画室編集部】

1　ドウリートとの出会い

女性副司令官マリアナ・モゲル様　一九九四年四月十日

敬意を込めて挨拶を送ります。また、お絵書きがうまくなってよかったですね。そこで私にひとつお話をさせてください。あなたもいつかきっと理解できるでしょう。

そのお話とは……

ある日、私の身に起きた出来事をお話します。眼鏡をかけ、パイプをふかす小さなカブト虫のお話です。ある日のこと、私は煙草を探していましたが、見つかりませんでした。その時、彼と出会ったのです。ふとハンモックの脇を見ると、少しばかり煙草の葉が落ちていました。それが小さな一列の縦隊になっているのに私は気づきました。私の煙草はどこだ。いったい、どこの誰が煙草の葉を持ち出し、捨てたのか。こう思いながら、煙草の葉の列をたどっていきました。数メートルほど離れた石の後に一匹のカブト虫がいるのを発見しました。そのカブト虫は、小さな机に座り、小さなパイプをくゆらせながら、書類を読んでいました。

彼に気づいてもらおうと、「エヘン、エヘン」と私は咳払いをしました。しかし、ダメでした。そこで私は言いました。

「あのう、煙草は私のものですが」

カブト虫は眼鏡をはずし、上から下まで私を眺め回し、怒ったように言いました。

「頼むから、邪魔をしないでくれ。隊長さん。勉強中なのはわかるだろ?」

私はちょっとびっくりし、そのカブト虫を踏みつぶしてやろうと思いました。しかし、私はその気持ちを抑え、彼の勉強が終わるまで待つことにして、となりに座りました。やがてカブト虫は書類を片づけ、机にしまい込みました。そして、パイプをくわえたまま、こう言ったのです。

「さて、もういいよ。ところで何の用かね? 隊長さん」

「私の煙草のことですが」と私は答えました。

「あなたの煙草だって? これを少し分けてほしいの?」

私は腹が立ってきました。しかし、脚で煙草の容器を私のほうに押しやりながら、その小さなカブト虫は言いました。

「怒らないで。隊長さん。このあたりでは煙草が手に入りにくいので、あなたのものをちょっと拝借しただけですよ」

私は気持ちを鎮めました。このカブト虫に興味が湧いたので、こう返事しました。

「気にしなくてもいいですよ。まだむこうにあるから」

「ふーん」と彼は答えました。

「ところで、あなたのお名前は?」

「ナブコドノソル」と答え、さらに次のように付け加えた。

「でも、友だちはドゥリートと言っている。隊長さんもドゥリートと呼んでもいいよ」

彼の気配りに感謝しながら、何を勉強していたのかを尋ねました。

「新自由主義とラテンアメリカにおける支配戦略についてだよ」と彼は答えました。

「それはカブト虫にとっていったい何の役に立つのですか?」

彼は憤然として言いました。

「何のためかって? あなたたちの闘争がどれくらい続き、あなたたちが勝利を収めるかどうか。私はそのことを知らなければならない。一匹のカブト虫として、自分が生きている世界の情勢を勉強するよう心がけねばならない。そうじゃないか? 隊長さん」

私は言ってやりました。

「あなたの言っていることが理解できません。でも、私たちの戦いがどれだけ続くのか。私たちが勝つか、負けるかなど、どうして知りたいのですか?」

「そうか。何もわかっていないな」と言いながら、彼は眼鏡をかけ直すと、パイプに火をつけました。

そして煙草の煙をひとつ吐き出すと、こう続けました。

「あなたたちの大きなブーツで踏み潰されないように、カブト虫が注意しなければならない期間がどれくらい続くのか。それを知りたいのだ」

「ああ、そうだったのですか」

「ふーむ」

「で、研究の結果、どのような結論が出ましたか?」

彼は机から書類を取り出し、パラパラとめくりだしました。

書類を調べているあいだ、彼は「ふーむ、ふーむ」と唸っていました。やがて、それが終わると、私の目をじっと見つめて、こう言いました。

「あなたたちが勝つ」

「それはわかっていました。でも、勝利するまでどれくらい時間がかかりますか?」

「途方もない時間だ」と言いながら、彼は諦めたようにため息をつきました。

「それもわかっていました。正確にはどれくらいの時間ですか?」

「正確な時間を知ることはできない。いろんな条件を考慮しないといけないからね。客観的条件、主体的条件の成熟の度合い、諸勢力の相互関係、帝国主義の危機、社会主義の危機など」

「ふーん」と私はつぶやきました。

「何を考えているのだ。隊長さん」

「別に何も考えていません。さて、ドゥリートさん。おいとましなければ。お知りあいになれてよかったです。煙草がご入用の節は、どうぞご自由にお取りください」

「ありがとう、隊長さん。もしよければ、私・おまえで呼びあってもいいよ」

「ありがとう、ドゥリートさん。これから私の同志にカブト虫を踏みつぶすなという指令を出すことにします。役とる立つといいのですが」

「ありがとう、隊長さん。おまえの指令はたいへん役立つだろう」

「いずれにしても、十分に注意を払ってください。若い連中ときたら、注意散漫で、どこに足を下ろすかわからないこともあります」

「そうするよ。隊長さん」

「それじゃあ、さよなら」

「それでは、また。いつでも都合のいい時に来てくれ。話でもしよう」

「そうします」と言うと、私は司令本部に向かいました。


これでおしまい。

マリアナちゃん。いつか、個人的にお会いし、目出し帽と絵を交換できるといいですね。それでは。お身体を大切に。そしてもっと絵の具が手に入るといいですね。あんなにたくさん使ったので、きっと色がなくなっているでしょう。

一九九四年四月、メヒコ南東部の山中にて

反乱副司令官マルコス

出典―La Jornada, 1994/4/17

2　ドゥリートとの再会

追伸――恥ずかしさを隠すために、ある時は小さな女の子である女の人のためのお話、また別の時には女の人である小さな女の子のためのお話という体裁をとっている自己批判である。

歴史は一度目は喜劇として、二度目は悲劇として繰り返されるというが、このお話のタイトルは……

ラカンドンの密林からみた新自由主義

撤退を始めて十日目ともなると、われわれに対する包囲網の圧力は少しばかり弱くなっていた。屋根を葺いて宿営する場所を探すため、私は潜伏していた場所を少しばかり離れてみた。頭上を見あげながら、上に折れた枝がない適当なひと組の木を探しながら歩いていた。だから、足元で叫ぶ声を聞いた時、私はびっくりした。

「おい、注意しろ！」

最初は何も見えなかったので、私は立ち止まってじっとしていた。ちょうどその時、一枚の葉が動きはじめた。その下から一匹のカブト虫が現われた。そして抗議を始めた。

「なぜ、ブーツを踏みおろす場所に注意しないのだ？　すんでのところで押し潰されるところだった」

この抗議の仕方には覚えがあったので、私は思いきって尋ねた。

「ドゥリートなの？」

「ナブコドノソルと呼ぶべきである！　おまえと対等の身分ではないはずだ！」

怒った様子で小さなカブト虫が返答した。

もう疑問の余地はなかった。

「ドゥリートさん！　私をお忘れですか？」

ドゥリート、すなわちナブコドノソルは、考えながら私をじっと見つめた。羽根からパイプを取り出し、煙草の葉をつめ、火をつけた。そして、あまり健康そうでない咳をしながら、大きく煙草を一服すると、「ふーむ。ふーむ」と唸った。

その後も、「ふーむ。ふーむ」を繰り返した。

時間がかかるのがわかっていたので、私は腰をおろした。何度も「ふーむ。ふーむ」を繰り返した後、ドゥリート、つまりナブコドノソルは私に尋ねた。

「隊長だったの？」

彼が私のことを思い出してくれたのがうれしくなり、私は答えた。

「はい、そのとおりです！」

ドゥリート（彼が私を認知したのだから、もうこう呼んでもいいはずである）は、しきりに脚や羽根を動かしだした。その様子は、カブト虫のボディ・ランゲージでは、喜びの踊りのように見えた。しかし、私から見れば、ひきつけの発作にそっくりだった。その踊りを何度も繰り返した後、ドゥリートは動きをとめた。そして、「隊長さん！」と少し違った口調になり、私が恐れていた質問を投げかけた。

「煙草もっている？」

「さーあてと、私は……」とゆっくり答えながら、私の取り分を計算しようとした。

そうしている最中にカミーロがやってきて尋ねた。

「私を呼びましたか？　副司令《スプ》殿」

私は神経質に答えた。

「呼んではいない……歌っていただけだ……気にするな。行ってよろしい」

「それなら、いいのです」と言って、カミーロは立ち去った。

「副司令だって？」とドゥリートはいぶかしげに尋ねた。

「そうです。今、私は副司令官なのです」

「それは隊長より良いのか、それとも悪いのか？」とドゥリートは問いただした。

「悪いのです」と私は答えた。それは自分に言い聞かせるものでもあった。

話題を変えるため、煙草の葉の入った袋を差し出しながら、私は言った。

「ここに少しだけ煙草があります」

煙草を受け取ると、ドゥリートはまた踊りだし、何度も「ありがとう」と繰り返した。

煙草好きにとっての至福の時間が過ぎると、われわれはパイプの煙草に火をつける複雑な儀式を開始した。私はリュックにもたれてドゥリートをじっと見ていた。

「お変わりないようですね」

「だが、おまえはかなりひどい目にあったようだな」と彼は言い返した。

あまり大した問題ではないようにつくろうため、私は答えた。

「まあ、それが人生というものです」

「ふーむ。ふーむ」とドゥリートはまた唸りだした。そして私に言った。

「もう何年も経つのに、どうしておまえはこの付近をうろついているのだ?」

「はい、考えごとをしていました。何もすることがなかったので、昔懐かしい場所をひと巡りし、昔の友達に挨拶して回ろうと、思いついたのです」と私は返答した。

「山は年月を重ねても、緑に覆われる!」とドゥリートは咎めるように言い返した。

「ふーむ。ふーむ」とドゥリートはまた唸りだし、詮索するような目付きをした。

私は誤魔化さずに告白することにした。

「本当を言えば、政府がわれわれに対して攻勢に出てきたので、撤退中なのです……」

「つまり逃げているのだな!」

それが戦略的な撤退であり、戦術的な退却であること、そして私の身に降りかかっていることを説明しようとした。

「逃げているのか」とドゥリートは今度はため息まじりに言った。

ドゥリートにではなく、自分自身に苛立ちを感じながら、私は答えた。

「そうです。逃げているのです。それがどうしたと言うのです」

ドゥリートはそれ以上は何も言わず、しばらく黙っていた。二人のパイプから昇った煙は架け橋のように繋がった。数分ほどして、ドゥリートは口を開いた。

「ほかにも、おまえを苛立たせているものがあるだろう。『戦略的な退却』だけではないだろう?」

「『撤退』。『戦略的な撤退』です」と私は訂正した。

彼は私が続けるのを待った。気が滅入ったが、私は気力を奮って答えた。

「本当を言えば、私が傷ついている理由は、われわれが準備をしていなかったことです。準備していなかったのは私のせいです。政府が対話を望んでいると判断し、私はわれわれの代表団に協議を始めるよう指令を出しました。攻撃された時、われわれは対話の条件について討論していました。われわれは不意を突かれたのです。私もです」

ドゥリートは煙草をふかしながら、この十日間［一九九五年二月九日以降］に起きたことすべてを私が話すのを待っていた。私の説明が終わると、「ちょっと待ってろ」と彼は言った。

ドゥリートは一枚の葉に潜り込んだ。やがて、彼は小さな書き物机を押しながら出てきた。その後、小さな椅子を取り出して座ると、ドゥリートは取り出した数枚の書類を熱心に点検しだした。

書類を一枚一枚めくりながら、「ふーむ。ふーむ」と彼は唸っていた。

しばらくして、「これだ!」と叫んだ。

「そこに何があるのですか?」と私は気になって尋ねた。

「口をはさむな!」とドゥリートはまじめで重々しい口調で遮った。

「いいか、よく聞くのだ! おまえの抱えている問題は、多くの人が抱えている問題と同じ種類のものである。それは『新自由主義』として知られる経済・社会に関する教養の問題だ……」

「私に足りなかったのは、今考えると……政治や経済の授業だったのかな」と私は考えた。

私が考えていたことを聞いていたかのように、ドゥリートは私を叱りつけた。

「シッ! これは授業ではない。最高の講義である」

「最高の講義」というのは大袈裟すぎると思ったが、私は黙って聞くことにした。

「ふーむ。ふーむ」と何度か唸った後、ドゥリートはこう言った。

「これは論理を越えた問題である! たしかに、おまえたちは『新自由主義』は教養であるという前提から出発している。ここで私がおまえたちと言っているのは、おまえの頭のように四角四面のゴリゴリの枠組みにこだわっている連中のことである。『新自由主義』とは、経済危機に対抗するために提案された資本主義の教養である。資本主義はこうした経済危機が『ポピュリズム』のせいで起きたと言っている。おまえたちはこんな風に考えている。そうだろう?」

ドゥリートは私に答える余裕を与えなかった。

「そんなことは当たり前である! ところが、『新自由主義』は、危機に対抗するための理論でも、危機を説明するための理論でもない。それは経済の理論や教養そのものの危機である! すなわち、『新自由主義』は最低限の一貫性すらもたず、経済に関する計画や歴史的な展望をまったくもっていない。

つまるところ、クソのような理論である」

「そんな……そんな解釈、今まで聞いたことも、読んだこともありません」と私は驚いて答えた。

「そのとおり！　今さっき思いついたところだ」とドゥリートは胸を張って言った。

このあまりにも珍妙な理論に疑念を抱きながらも、私は尋ねた。

「それがわれわれの逃走、おっと失礼、撤退とどんな関係があるのですか？」

「そう、そう！　きわめて初歩的なことだ。わが愛するワトソン副司令君！　計画とか展望とかといったものではない。オ・モ・イ・ツ・キである。政府には節操というものがない。われわれが金持ちになったと宣言したかと思えば、われわれは貧乏であると言っている。平和を望んでいたかと思えば、戦争を望んでいると言っている。断食をしていたかと思えば、腸閉塞になるまでガッガッと食べている。おまえ、言っていることがわかっているのか？」とドゥリートは私を尋問するように言った。

私は頭をかきながら、「まあ、おおよそは……」とためらいがちに答えた。

ドゥリートがそれ以上は演説をしないようなので、「それで？」と私は尋ねた。

書類を片づけながらドゥリートは言った。

「破裂するのさ。パーン！　膨らみすぎた風船のようにね。新自由主義には未来がない。われわれが勝利する」

「われわれが勝利するのですか？」と私は意地悪い質問をした。

「そのとおり。『われわれが勝利する』。だが、私の援助がなければ、おまえたちは勝利できない。そのことは明白である。遠慮しなくてもいい。おまえたちにはチョー有能な顧問が必要となる。私は持ち前の持続力でフランス語を習得したところだ」

私は黙っていた。われわれを支配しているものが単なるオモイッキであるということに気づくのと、ドゥリートが成立しそうもない移行政府の内閣のチョー有能な顧問になることを空想するのと、いったいどちらがよくないのか。私には判断できなかった。

追い打ちをかけるようにドゥリートは尋ねた。

「びっくりしたのか？　なに、恥ずかしがらなくてもよい。おまえたちのブーツで私が押しつぶされないかぎり、いかなる有為転変があろうとも、私はこのメヒコという国を復興させるべき歴史の航路のなかで歩むべき道をおまえたちに明確に指示することができる。なぜなら、団結すれば……なぜなら、団結すれば……。あっ、そうだ、思い出した。私のつれあいに手紙を書くのを忘れていた」

こう言うとドゥリートは急に笑いだした。

「まじめに話していると思っていたのに」と言って、私は怒ったふりをして小枝を投げつけた。

さっと身をかわしながら、ドゥリートは笑いつづけた。私は気を取り直して、彼に尋ねた。

「では、新自由主義は経済に関する教義の危機であるという結論をどこから導きだしたのですか？」

「ああ、カルロス・サリナス・デ・ゴルタリの一九八八年―一九九四年度の経済計画を説明していることの本からだ」

こう言うと、彼は連帯というロゴがある小冊子を見せてくれた。

一瞬ギクッとして、「サリナスはもう大統領じゃない……」と私は疑問を呈した。

「そんなことは知っている。この計画を書き上げた奴の名前を見てみろ」

こう言うと、ドゥリートは筆者の名前を見せてくれた。私はその名前を読んだ。

「エルネスト・セディージョ・ポンセ・デ・レオン」

びっくりしながら、こう読み上げると、私は次のように付け加えた。

「つまり、体制のやり方には断絶がないわけですね?」

「断絶があるのは、泥棒どもの巣窟さ」とドゥリートはにべなく言い放った。

今度は本当の興味から、「それで、どうなのですか?」と私は尋ねた。

「それだけだ。メヒコの政治システムは、おまえの頭上にぶらさがっている折れた木の枝のようなものだよ」とドゥリートは言った。

私は飛び上がって、頭上を見あげた。実際、私のハンモックの上に襲いかかるように伸びている一本の枯れ枝があった。私がハンモックの位置をずらしている時も、ドゥリートは話を続けた。

「メヒコの政治システムは、非常にもろい小枝の寄せ集めによって、現実に繋ぎ留められている。それを転覆させたいなら、ちょっと風を吹かせば十分である。それが倒れる時には、当然、ほかの枝も道づれになるはずだ! だから木影にいる者は、枝が崩れ落ちてくるのに十分に注意することだ」

ハンモックがきちんと結んであるかを確かめながら、私は尋ねた。

「ところで風は吹くのでしょうか?」

「きっと吹く……きっと」

こう言うと、ドゥリートは明日を見据えているかのように考え込んでしまった。二人とも考え込んでしまった。われわれはパイプに火をつけることにした。太陽は西へ傾こうとしていた。ドゥリートは私のブーツをずっと見ていた。そして恐る恐る尋ねた。

「ところで、おまえといっしょにいるのは何人だ?」

彼の気を鎮めるため、私は言った。

「あと二人です。ですから、踏みつぶされることなど心配しないでください」

「ふーむ。ふーむ」と唸りつづけながら、ドゥリートはいつもどおり方法論的な質問を浴びせてきた。

「いや、そうじゃない。おまえを追いかけてくる連中は何人いるのだ?」

「エッ。それは、六……」

ドゥリートは私に最後まで言わせてなかった。

「六十人だって! 私の頭上を六十足のブーツが通過するのか! 国防省の一二〇個のブーツが私を押しつぶそうとしているのか!」とドゥリートはヒステリックに叫んだ。

「ちょっと待ってください! まだ最後まで言っていません。六十ではありません」と私は言った。

しかし、またドゥリートは遮って言った。

「ああ、そうか! その程度の人数では、それほどひどい災難とは言えないはずだと思っていた。いったい何人なのだ?」

「六万人です」と私は手短に答えた。

「六万人だって!」とドゥリートはパイプの煙でむせかえりそうになりながら叫んだ。悶えるように小さな手や脚を交差させながら、「六万人だって!」と何度も叫んだ。

「六万人も!」と彼は絶望した口調で言った。

私は彼を慰めようとした。彼にあらゆることを説明した。全員が一団となって襲来したのではなく、段階的な攻勢であったこと、いろんな方面から軍は進攻したが、現時点でわれわれを発見していないこと、追跡されないようわれわれは痕跡を消してきたこと、そして私の身に起きたことなどを説明した。すぐにドゥリートは落ち着きを取り戻し、「ふーむ。ふーむ」と再び唸りだした。見たところ地図と思われる数枚の書類を取り出すと、彼は敵の部隊の位置を私に尋ねた。私はできるだけ丁寧に答えた。答えるたびに、ドゥリートは小さな地図に印や注記をつけていった。尋問が終わった後も、「ふーむ。ふーむ」と彼は唸っていた。こうしてかなり長い時間が過ぎた。何分かが経ち、複雑きわまりない計算(計算のために彼の小さな手や脚を総動員していたので、きっとそうに違いない)をした後で、彼は大きなため息をついた。

ドゥリートは、自分にも言い聞かせるように、私にむかって言った。

「言ってたとおりだ。敵は、『金床とハンマー』、『引き結び』、『ウサギ狩り』、そして垂直作戦を採用している。ラス・アメリカス陸軍士官学校のレンジャー部隊の教科書にある初歩的な作戦だ」

「だが、ここからうまく脱出できるチャンスはある」とドゥリートは付け加えた。

「ほんとうに? どうやってですか?」と私は疑い深く尋ねた。

書類をしまいながら、「奇跡が起きればね」と言うと、ドゥリートは横になった。

沈黙が二人のあいだを支配した。二人は枝やツルのあいだから夕暮が迫ってくるのをじっと待っていた。ずいぶん時間が経過した。夜が木々のあいだから抜け出し、空に舞い上がり、天空を覆うようになった頃、ドゥリートは私に尋ねた。

「隊長……隊長……もしもし！　寝ているのか？」

「起きています……何かあったのですか？」

私を傷つけるのを恐れているかのように、ドゥリートは遠慮がちに尋ねた。

「これからどうしようと考えているのだ？」

私は煙草を吸いつづけながら、木々のあいだから差し込んでいる銀色の月の光を見つめていた。渦巻の形に煙を吐き出しながら、ドゥリートと自分自身にむかって答えた。

「勝利することです」

出典―La Jornada, 1995/3/17

3 欲望の洞穴のお話

追伸――撤退の十二日目に副司令とドゥリートの身に起きたこと、『欲望の洞穴』の謎、時は空腹すら奪われていたので笑えなかったが、今なら笑える不幸な出来事について語ることにする。

撤退（ドゥリートによれば「撤退ではなく、たんなる逃走」）の十二日目の朝方、ドゥリートは尋ねた。

「ところで、もし連中がわれわれを爆撃したらどうするつもりだ?」

寒かった。灰色の風が凍りついた舌のように、薄暗い木々や大地をなめまわしている。一人ぼっちでいると寒さが募り、私は寝られなかった。だが、ずっと黙ったままだった。ドゥリートはオーバー代わりの小さな葉から出ると、私の身体に登ってきた。私を起こそうと、私の鼻をくすぐりだした。私が激しいくしゃみをしたので、ドゥリートは私のブーツのところまで転がり落ちた。

彼がもう一度私をくすぐる前に先手を打って、私は尋ねた。

「どうかしたのですか?」

「ところで、もし連中がわれわれを爆撃したらどうするつもりだ?」

「その時は……エエート……洞穴か、われわれの隠れる場所を探します……穴に隠れてもいいです……いずれにしても、何をすべきかはわかっています」

私は面倒くさそうに答えながら、爆撃の心配がない時間帯であることをほのめかすように、時計を見つめた。

「私なら何の問題もない。どこでも潜り込める。しかし、ブーツやその……デカ鼻をつけているおまえは……安全な場所を見つけられるかね」

こう言いながら、ドゥリートはウァパックの葉を身体にまといだした。

ドゥリートがわれわれの運命に表向きは無関心であることについて、私は「テロの心理学」なるものを考えていた。

「われわれの運命だって？　そのとおり！　ドゥリートにはこれからも問題はないだろう。しかし、私にとっては……」

このようなことを考えながら、私は立ち上がってドゥリートに話しかけた。

「もし、もし、……ドゥリートさん！」

「ただ今睡眠中」という声が葉の下からした。

彼が寝ていることなどかまわず、私は彼にむかって話しはじめた。

「昨日のことですが、カミーロともう一人の私がここらあたりに洞穴がたくさんあるという話をしているのを耳にしました。カミーロはそのほとんどを知っていると言っていました。アルマジロしか入れない小さな洞穴や、教会がすっぽりと入るような大きな洞穴があるそうです。しかし、誰もなかに入ろうとしない洞穴があり、その洞穴について次のような恐ろしい話があると、カミーロは話してくれました。彼が聞いた話では、その洞窟は『欲望の洞穴』と呼ばれているということです」

推理小説への好奇心は失っていたが、ドゥリートはこの話に興味が湧いたようだった。

「その洞穴のお話はどのような内容だ?」

「はい……ずいぶん長いお話です。それを聞いたのは、ずいぶん昔のことで……よく覚えていません」

こう返答しながら、私自身も興味をもとうとした。

とても興味が湧いたのか、ドゥリートは私に催促した。

「それでも構わないから、そのお話をしてくれ」

私はパイプに火をつけた。かぐわしい匂いの煙草の煙によって、記憶が蘇ってきた。記憶をたどりながら……私は話すことにした。

欲望の洞穴

ドゥリートのかたわらに座ると、副司令は口にパイプをくわえたまま語りだした。

「何年も昔のことです。これは、愛ではなく、愛の痕跡すら残っていない、ある愛の物語なのです。悲しくて……恐ろしい話です」

副司令はパイプに火をつけると、山を見ながら話を続けた。

「ひとりの男が遠くの方からやってきた。やってきたのか、それともすでにいたのか。それは誰も知らなかった。ずいぶん昔のことだった。いずれにせよ、この土地では、誰も希望をもてないまま、忘れ去られたまま、生まれては死んでいった。その男が青年か、老人かも不明である。最初に出会った時、彼を見ていた人はほとんどいなかった。というのもその男はどうしようもなく醜かったからである。そう言われている。彼の姿をひと目見ただけで、男は鳥肌が立ち、女は吐き気を催したという。彼がひどく嫌われた理由はいったい何だったのか？　私にはわかりません。時代が変わると、文化も変わっていき、美しさや醜さの概念も変わるから。要するに、この土地の住民だけでなく、この土地、人間、運命を支配していたよそ者も、その男を避けていたのである。先住民は彼をエル・ホルマッシュ、すなわち猿の顔と呼び、よそ者たちは動物と名づけた。

みんなの視線を避けるため、男は山に行き、そこで働いていた。山に数多くある洞穴のひとつのかたわらに、一軒の小さな小屋を建てた。畑を作り、トウモロコシと小麦を播いた。密林で動物を狩猟すれば、彼が生きていくには十分だった。ときには集落の近くにある小川まで降りていた。その男エル・ホルマッシュは共同体の一人の老人と協定を結び、山で調達できない塩や砂糖とその他の品物を小川のところで手に入れていた。エル・ホルマッシュは必要な品物をトウモロコシや動物の皮と交換していた。エル・ホルマッシュが小川にやってくるのは、夕暮れが深まり、木々の影によって地上に夜の闇が忍び寄っている時刻だった。老人は両目を患っており、視力はよくなかった。つまり、薄暗さと病気のせいで、老人は明るい光のもとでは拒絶されてきた男の顔をまったく判別できなかったのである。

ある日の夕暮、老人はやってこなかった。エル・ホルマッシュは、自分が時間をまちがえ、彼が小川に到着した時には、老人はもう帰ってしまったのだと考えた。二度もまちがえてはいけないので、次の時は早めに小川に着くようにした。エル・ホルマッシュが小川に近づいたのは、太陽が山裾に隠れるまでまだ指の数本分は残っていた時刻だった。小川に近づくにつれて、ざわざわといった笑い声や話し声が聞こえだした。エル・ホルマッシュは速度をゆるめ、黙って近づいた。木の枝やツルのすき間から、小川の水が淀んでできた水たまりがちらっと見えた。数人の女性が水浴びをしたり、洗濯をしていた。誰もが笑っていた。エル・ホルマッシュは黙って女たちの姿を見つめていた。彼の心臓には女たちの姿しか入らず、彼の両耳には女たちの声しか入らなかった。女たちがいなくなってから、かなり時間が過ぎたにもかかわらず、エル・ホルマッシュはそこでずっと……見つづけた。彼が山へ引き返した時、草地には満天の星が降り注いでいた。

彼が実際に見たのか、それとも見たと思っただけなのか？　私にはわかりません。彼の網膜に定着したイメージが現実のものと対応するのか、欲望のなかにだけ存在するものか？　私にはわかりません。しかし、エル・ホルマッシュは、自分が恋に陥ったのか、恋をしているのだと思った。彼の愛は理想化されたプラトニック・ラブではなく、きわめて現世的なものだった。彼の五感を奮い起こしたのは、戦いを告げる太鼓、激しい雨を降らす稲光のように激しいものだった。情熱が彼の手を捕らえ、エル・ホルマッシュは、手紙、つまりラブレターを書きだした。両手から溢れだすように、彼はうわごとを書き連ねた。こんなラブレターだった。

『おお、濡れた輝きに満ちた貴婦人よ！　気性の荒い小馬が欲望の固まりに変わってしまった。数千もの鏡をつけた剣は貴方の肉体を求めるが、それは充たされることのない私の欲望にほかならない。無駄とは知りながら、両刃の剣は風のなかを前進する数千ものあえぎを切り裂いている。長い期間、一睡もしていない。ご慈悲のほどを！　貴婦人よ、貴女よ、お慈悲ですから、私というう ら悲しい存在にいっときの休息を与えてください！　私を貴女の首にすがらせてください。汚らわしい私の熱情が貴女の耳元に届くようにしてください。私の胸が沈黙して語らぬことを、私の欲望にまかせて、穏やかにきわめて穏やかに、貴女に告げさせてください。私のものとは言えない貴婦人よ。貴女は私の顔を覆っている醜い容貌を見てはなりません！　貴女の聴覚を視覚へと変え、目を閉じて、私の腹部を駆けめぐっているうごめき、貴女の腹部に対する欲望を見つめてください。そうです。私は潜りこみたい。ため息とともに、両手、唇、性殖器が求めている道をたどって、貴女の身体を歩みたい。しっとり濡れた貴女、そして喉の乾いている私は、接吻とともに、口を通じて、私のなかへと潜り込むことを求めている。貴女の胸にある双丘に唇と指をはわせ、胸に秘匿されたうめき声の房を目覚めさせたい。南に進み、控えめな抱擁で貴女の腰を抱き締め、腹部の肌、夜はもっと下から生まれると告げる輝く太陽を焼き焦がしてみせよう。ハサミを機敏にうまくかわしてほしい。ハサミに追いかけられながら、貴女の優雅さは歩み、ハサミの切っ先は約束もするし、拒絶もする。冷たい熱気による震えを貴女に贈ろう。私のすべてを欲望の醸しだす湿気へと向かわせよう。私の手のぬくもりを肉と動きの二重のぬくもりのなかで確認したい。最初はゆっくりと歩み、そのあとは軽快なトロットで。二人の身体と欲望にまたがり、奔放に身をまかせたい。天空に昇りつめ、一気に奈落の底へと向かいたい。ご慈悲を！　口約束には疲れ果てた。静かにため息をつく貴婦人よ。私めにご慈悲を！　私を貴女の首にすがらせてください。それができれば、私は救済される。死ぬこともないだろう……』

彼の両手にある情熱のように暴風が吹き荒れた夜、稲妻がエル・ホルマッシュのシュロ葺きの小屋を焼きつくした。彼はずぶぬれになり、ガタガタ震えながら、すぐ近くの洞穴に避難した。たいまつの明かりで足元を照らしながら、彼は洞穴の奥へ入った。愛を交換しながら、情欲に身をまかせているカップルを象《かたど》った石と土器でできた小さな土偶を見つけた。そこには泉があり、ひとつの箱があった。その箱を開けると、今までに起きたことや、これから起きる恐怖や驚異が自然と語られだした。エル・ホルマッシュはもうその洞穴からは抜け出せなかった。抜け出す気もなかった。洞穴のなかで、彼は両手にみなぎる欲望を感じながら、届く相手のない橋を架けるように……手紙を書いたのである。

『今、私は海賊だ。港の愛しき貴婦人よ。明日は、戦いに赴く兵士となる。今日は、森と陸地に迷いこんでいる船乗りである。欲望の船は帆をはらませている。願望におののき震えながら、途絶えることのない泣き声に誘われ、帆船は狂暴な暴風のただなかへと導かれている。雷鳴はキラキラと光る絶望の海を照らしている。塩っぱい湿気が指揮と舵を握っている。風だけ、ひとつの言葉だけで、ため息をつき、あえぎながらも、身体が貴女を連れていく場所を探して、私は航海している。欲望、到来しつつある嵐の貴婦人とは、その一部が貴女の肌に隠れている結び目である。私はそれを見つけねばならない。呪文を唱え、欲望を解きほどかねばならない。そうすれば貴女の熱情、女性としての気持ちの揺れは解放されよう。貴女は目、口、腹部、内臓で充たされるだろう。一瞬ではあれ、貴女は解放されよう。貴女をとりこにするため、私の腕にある、私の身体でできている海へと貴女を導くため、私の両手はここにある。私は船になるだろう。そして、私自身を貴女の身体に入れるため、海をかき乱している。こんな暴風では、気ままな波に身体はもてあそばれ、休息できないだろう。塩っぱい欲望による最期の酷い平手打ちによって、われわれは夢が到着する海岸へ打ちつけられよう。今や、私は海賊だ。優しき暴風の貴婦人よ。貴女は私の襲撃を待つことはない。こちらにおいでください！ 海、風、船の建材となるこの石が証人となるだろう！ 欲望の洞穴！ 水平線は黒色のワインのように曇りだしている。しかし、われわれはもうすぐ到着するだろう。われわれは前進する……』

こんなことがあったという。エル・ホルマッシュは二度と洞穴から出なかったという。彼が手紙を書いた女性が実在していたのか、それとも洞穴、欲望の洞穴での空想の産物なのかは不明である。エル・ホルマッシュはいまでも洞穴に潜み、近づく者は彼と同じ……欲望という病気に取りつかれるという。

ドゥリートは話を熱心に聞いていたが、話が終わったのを見て言った。

「出発しなければならない」

「出発するのですか？」と私はびっくりして聞き返した。

「当たり前だ！ 私のつれあいに手紙を書くため、文章を添削してくれる顧問が必要だ」

「正気でそんなことを考えているのですか？」と私は詰問した。

「恐いのか？」とドゥリートは皮肉な口調で尋ねた。

私はとまどいながら答えた。

「そう……恐怖、本当の……恐怖なんかではなく……ずいぶん寒くなってきました……雨が降りそうですね……つまり……そう、私は恐いのです」

「まあ、まあ！　心配するな。おまえについて行ってやる。どこを通って行けばいいのかを教えてやる。欲望の洞穴がある場所は知っているから」

確信にみちた声でドゥリートはこう言った。

「わかりました。遠征の指揮官になってください」と私はしぶしぶ答えた。

「よろしい！　最初の指令は、おまえが遠征の先頭に立つということだ。敵を混乱させるため、その中間には誰も配置しない。私はずっと離れて、最後尾を行く」とドゥリートは指示した。

「私が先頭ですか？　いやです」

「抗議は却下する」とドゥリートはきっぱり言った。

「わかりました」と返事して、一兵卒の私は彼に従うことにした。

リュックを準備しながら、ドゥリートは命令を下した。

「よろしい。それでいい。注意してよく聞くのだ！　これから攻撃計画を言う。第一点、敵がたくさんいたら逃げる。第二点、敵が少ないなら隠れる。第三点、誰もいないなら前進する！」

戦争の計画にしてはずいぶん慎重なものだと私は思った。しかし、今はドゥリートが指揮官である。厳しい状況では慎重さが最優先される。私としては何の不都合もなかった。

夜空の星の輝きが鈍くなりだした。

「ひと雨、来そうですね」と私はドゥリート、失礼、指揮官に言った。

「黙れ！　誰もわれわれを止めることはできない！」

ドゥリートはオリバー・ストーン監督の映画『プラトーン』に出てくる軍曹そっくりの声で叫んだ。

凍てつく突風が吹きつけ、雨粒が落ちはじめた。

「止ま――れ！」とドゥリートは命令した。

雨粒はみるみる増えていった。

「攻撃計画の第四点を言うのを忘れていた」とドゥリートはつぶやいた。

「そうですか？　どのようなものですか？」

「雨が降りだしたら……戦略的な撤退だ！」

こう言い終わらないうちに、ドゥリートはいそいそと設営地へ引き返しはじめた。

私も急いで彼のあとを追った。だが無駄だった。ずぶ濡れになり、ガタガタと震えながら、われわれはビニール製の小さなテントに潜り込んだ。欲望が爆発したかのように……雨は降りつづけた。

欲望の洞穴の奥深くにいる副司令より

もう一度、よろしく。お身体を大事に。明日の空腹を今日の……闘争の糧としよう。

三月の夜明け前。私は死ぬにはあまりにも元気すぎる。

出典―La Jornada, 1995/3/22

4 ドウリート、マルコスを従者に指名

追伸――意を決して闘牛場へ向かう。

私はまだセイバ〔カポックの木、三十メートルを越す高木でマヤの世界観では宇宙の中心にある木〕から降りることができない。銀細工製の牡牛の角の形をした月は、尖った一対の角を東へ向け、突進しようとしている。私は色々と思いをめぐらしていた。もしゲリラでなかったなら、私は闘牛士になっていたかもしれない。私は夜を黒いカポーテ〔牛をけしかけるための片面がピンクで別の面が黄色のケープ〕に見立てて手に取ろうとした。しかし、夜には星の形をした数多くのトゲがあり、自分の思いつきには無理があることがわかった。私は色褪せて赤というより茶色に近いパリアカテを首からはずした。私はサンチェス・メヒア気取りの華麗な仕草でパリアカテを広げた。ソンブラ〔闘牛場の日陰の無蓋席〕はコオロギとホタルコメッキでいっぱいだった。だが、ソル〔闘牛場の陽の当たる席〕には当然ながら誰もいなかった。私は闘牛場の広場の中央に進み出た。すぐ近くにあるその場所は、セイバの樹冠の中心のようにもっとも安全な場所であった。カポーテを体に巻き込むわざを見せようと、私は月を呼び出した。牡牛の角の形をした月は、以前からずっと私についてきている。月がかくも華麗な闘牛士を見つけ

られないとは、どう考えても説明できない。今一度、私は月を呼び出した。しかし、観客はイライラしていた。一匹のマルトゥチャ［齧歯類の小動物］は疲れきってあくびをしている。ホタルは一匹もジグザグに飛び回ろうとはしない。腰にまとわりつくムレータ［牛に止めを刺す時の赤い布］さばきでは、ノコギリをひくように鳴きつづけるコオロギを除けば、観客からは何も頂戴することはできないだろう。牡牛の角の形をした月は振り向きもせず、前進している。私は広場の隅にうずくまり、悲しくなってため息をついた。要するに、女性も月も私を相手にしてくれない……

私が遅れているのが気になったのか、ドゥリートもセイバの樹冠によじ登ってきた。彼が座ると同時に、私は早口で状況を説明した。ドゥリートの見解では、彗星を相手に闘牛するほうが簡単であるという。彗星は予期せぬ場所に出現し、ミウラ［スペインにおける闘牛用牡牛の名産地］産の牡牛のようにたくましい。それに対して、月はいつも同じ進路を進むだけである。だから、月に最期のとどめを刺すのはとても簡単である。しかし、キラキラと輝く飾りのついた闘牛士用の衣装の輝きを見せるチャンスは少なく、観客は限りなく退屈するだけである……。

彼の意見に同意し、私はドゥリートにムレータを手渡した。ドゥリートは、フェデリコ・ガルシア・ロルカから習ったというパセ［闘牛士が動かずに牛をかわす術］を私に教えようとした。カブト虫も闘牛をするのですか？　という私の質問に、ドゥリートは次のように答えた。人はすべてのことを知るべきであり、闘牛は政治のようなものである。ただし、政治において牡牛はかなり狡猾な裏切り者になるという。

「要するに、人々はこの私のことを『エル・カンボリオのドゥリート』と言っている。人々が羨ましがったのはほかの誰でもない。この私である」とドゥリートは言った。

こんなやりとりをしている時、われわれの耳にセイバの根元からの声が届いた。

「アライグマだ」とカミーロが言った。

「ちがう。アナグマだ。『単独行動』のクマだ」ともうひとりの私は答えた。

「それを射止めるため、照準を定められるか。やってみろ」とカミーロはもうひとりの私に指示した。

しかし、その時、私は武器を背中に担いだままだった。

煙草を吸いながら、私はじっとしていた。優雅な立ちふるまいを誇示したいなら、とどめの槍を振り降ろすのはいましばらく待たねばならなかった。最良の機会だったのだが、戦闘シーンが好きな観客があまりにも少なすぎた。ドゥリートはフラメンコのリズムにあわせてため息をついた。一階席には誰もいなかった。下の席の客は退屈して帰ってしまった……


暗黒色をした山のムレータに包まれ、月は水平線に向かって進むのをやめた。月は横目でチラッと副司令の方を見た。副司令はカポーテで顔を拭いていた。彼が泣いているとは誰も知らなかった……

追伸——皆さんは気づいていないが、ひとつの謎（すべての謎と同じく魅惑的である）を終わることにする。

「おお、天よ！　この場所は、あなた方が私に課された不運を嘆くために、私が吟味し、選んだ場所なのである。この場所においては、私の両眼より溢れる湿り気によって、小さなせせらぎから流れ出る水も増えるだろう。私の深く長いため息によって、これらの山の木々の葉も絶えずゆれ動くだろう。それこそ、私のうちひしがれた心が感じている苦悩を物語り、象徴するものである。おお、皆さん、住む人もいないこのような場所を住みかとするひなの神々よ。皆さんがどのような方かは知らないが、この不幸な恋する男の嘆きを聞いてほしい。私は、長きにわたる別れと、根拠もない人々の嫉妬によって、この荒野にて嘆き悲しむことになった者である。人間のもつあらゆる美の究極の目標である、かのつれなく美しいお方の厳しい本性を嘆いている者である！　おお、山の奥深くに隠れ棲むことを習わしとするナペアやドリアダの皆さん。身軽で卑しいサテュロスの連中が、実らない愛を抱いている皆さんの甘美なる静かさを乱すことはないだろう。だから、私の運のなさをともに嘆いてほしい。少しでも私の嘆きに耳を傾けていただけないだろうか！　おお、トボソのドゥルシネア姫よ、私の夜に輝く昼の光よ、私の苦悩のなかの栄光よ、私の歩む道の極北よ、私の巡りあわせの星よ。なにとぞ、あなたが天にお願いされることに、天がよきはからいをくだされますように。あなたが不在のため、私がさまよってきた場所、置かれた状況に思いをめぐらしてほしい。あなたのよき御心にもとづき、私の誓願にふさわしい報いをください！　おお、今日以降、私の孤独の同伴者となる寂しき木々よ！　私の存在がお前たちを疎ましく思うことのないように、お前たちの梢の緩やかな動きで私に指示してほしい！　おお、私の従者よ、よい時も悪しき時も、そばにいる心持ちよき同伴者よ、私がすることをよく見つめ、心にしっかり刻んでくれ。それのなりゆきのすべての原因となるお方に語り、朗唱するために」

ドゥリートはすべてを見事な口調で一気に詠唱した。ドゥリートは小さな石の上に立ち、高くかざした右手には剣という——後で知ったことだが——小枝を握っていた。振り向いて私を見つめると、ドゥリートは言った。

「おお、おまえ、私の従者よ、心持ちよき……云々！」

誰かほかの者にむかって言っているのかどうかを確かめようと、私は肩をひねって振り向いた。しかし、誰もいなかった。

私を小枝で指しながら、ドゥリートは言った。

「そう、おまえのことだ。おまえはこれから私の従者となるのだ」

「私がですか？」と驚きをあらわにして言った。

私の質問を無視し、ドゥリートは続けた。

「ついでに言っておこう。これは小枝ではない……これは剣である……唯一の……最良の……エクスカリブルである」とドゥリートは小枝を磨ぎながら言った。

「あなたのお話では、時代や小説が混同されているようですが」と私は進言した。

「あなたの演説の始まりは、『ラ・マンチャのドン・キホーテ』の一節にずいぶん似ていました。しかし、エクスカリブルといえばアルトゥロ王の剣のはずです」

この点については、私は口ごもりながら、エバが持っていた『石のなかの剣』という題のビデオを思

39……… 4　ドゥリート、マルコスを従者に指名

い出そうとした。私が黙っているのにつけ込み、ドゥリートは反撃してきた。

「黙らっしゃい！　この無頼のやからめ。自然は芸術作品を模倣するということをまったく知らないのだな？　アロンソ・キハーノとか召使のアルトゥロはどうでもいいのだ！　今、重要なのは……ラカンドン密林のドン・ドゥリートさまである！」

私は笑った。

「この礼儀をわきまえぬ無知なやからよ、何を笑っている？」とドゥリートは脅すような口調で非難した。

その場をつくろうために私は答えた。

「いえ、何も笑っていません。私は思い出していたのです。サパティスタ嫌疑者に対する罪状が列挙された連邦検察庁の関係書類には、『ラ・カンドナ』と書かれていました」

ドゥリートは蔑んだ口調で言った。

「連邦検察庁の無知なやからはチアパスの密林地帯に入ったことがないのだ。ましてやルイス・ドナルド・コロシオ［一九九四年三月にティフアナで暗殺されたPRI派の大統領候補］やホセ・フランシスコ・ルイス・マシュー［一九九四年九月にメヒコ市で殺害されたPRI幹事長］、ポサーダ枢機卿［一九九三年一一月に麻薬取引業者によってグアダラハラ空港で殺害］を殺した犯人を見つけることはできないだろう」

「わかりました。しかし、どうしてあなたは遍歴の騎士であると称しているのですか？」

私は座りながら質問したが、もちろんエクスカリブルなるものには不必要に近づかないように注意した。ドゥリートも腰をおろし、キホーテのようにため息をつきながら、嘆かわしいといった口調で言った。

「私の無知なる従者よ！　ひとりの貴婦人、彼女こそが、私の無意味な言動のもと、私の背中の傷跡、私の眠れない理由、私の恥の原因、私の不運の元凶なのである！」

「無知なるもの」とか「従者」という言い草に関して私が抗議する余裕を与えず、ドゥリートは気晴らしでもするかのように、自らの悲しい物語を続けた。

「愛という険しくも淫らな道において、手探りで細心の注意を払いながら、おまえが心を進める方法を習得するうえで、おまえに私の悲しい物語を語って聞かすことは、とてもよいことである。遍歴の歩みを通じて、私がかくも僻遠の地にまで赴いてきたのは、たんなる気ままではない。それらの地においては、孤独は研ぎすまされたナイフのように身を切り刻み、沈黙は人だけでなく天空までも黙らせる。私の見苦しい従者よ、よく知るがよい。神聖なる定めによって、華麗なる遍歴の騎士は、この世での生命をまっとうするまで、ずっと悲しく彷徨い、たった一度の眼差しで彼の心を奪うという驚くべき犯罪を犯した眼の前にいない一人の貴婦人に恋焦がれ、ため息をつきながら死んでいくのだ。たった一度の眼差しですべてがわかったのである。ああ、しかし、何という眼差しだ！　四月の太陽のもとでの稲妻のようだ！　昼の最中に壊れてしまった星のようだ！　浮遊しながら人を殺すダイアモンドのようだ！　大波とサンゴのあふれる海のようだ！　見つめあって話したいという願望のようだ！　苦悶を願っている沈黙のようだ！」

私は、彼をせかしてお話を終わらせようとした。

「お急ぎになったほうがいいのでは。もう、すでにかなりの頁を費やしています。こんなことを掲載してくれる新聞はないでしょう。コミュニケは私の身の上に起きたことを……書いて知らせるためだけに使われている。こんな陰口があるのですよ」

ドゥリートは声を震わしながら言った。

「私の信念に照らしあわせても、おまえの意見は正しい。おまえの言うことばには真実がある。たしかに、いかなる新聞、本や百科事典といえども、愛という病気によって私の身に降りかかった幸運な出来事や不幸な出来事のすべてを語り尽くすことはできないだろう。私の胸を締めつける苦悩に満ちた偉大なる愛は、あのアグアスカリエンテス［チアパス州グアダルーペ・テペヤックに作られたサパティスタの集会所］の図書館にも収めきれない」

私は彼を慰めようとして言った。

「アグアスカリエンテスの図書館のことでしたら御心配されなくても。現在、それは連邦検察庁に保管されています［図書館などの施設は一九九五年二月十日に連邦軍によって破壊された］」

「おまえはずいぶん退屈しているようだな。無頼で腹黒いやからが、地理や正書法について何かを習得しようとすると、大概はそうなるものだ」

こう言いながら、ドゥリートは剣を収め、自分の住みかである葉っぱの方へ歩いていった。夜のとばりは天空をくまなく覆い、三月から四月へ変わることを告げるかのように、雨は風に湿り気を含ませていた。私は質問した。

「もう、お話は続けられないのですか？」

「やっても無駄だ。あれほどの苦悩と屈辱を埋めあわせられることばが見つからない」

こう言うと、ドゥリートは身体に葉っぱをかぶせた。葉っぱをすっぽりとかぶる前に、私に言った。

「騎乗する馬を用意するのを忘れるな。明日、夜明けとともにわれわれは出発する。遍歴の騎士は馬に騎乗するのが定めである。夜明になったら、われわれの武器の輝きを誇示し、われわれに挑戦しようとする太陽に恥をかかせてやろう。太陽がわれわれほどには勇猛でないことを見せてやろう」

最後にふっとため息をつき、ドゥリートは静かになった。私の御主人にして、勇敢なる騎士「ラカンドン密林のドン・ドゥリート」の夢を徹夜で監視する体制をとって、私は座りつづけた。私はドゥリートの高貴なる夢をあらゆる攻撃から防衛する決意をしている。怪獣や巨人も、かくも気品ある安息を撹乱しようとは思わないだろう。少しばかり想像力を働かせて見ると、恐るべき槍に酷似している一本の小枝を私は手にしているのだから。雨が降りはじめた。そして、従者であることを自認する者なら、誰でもするように、私は警備をやめ、自分のテントに走って避難した。身体を包むような寒さとともに、夜明けが近づいてきたようだ。だが、雨はやみそうもない……

私は眠れなかった。われわれが……明日、騎乗する馬をいったいどこで探しだせるというのか。私はその問題を解決できなかった。

出典—La Jornada, 1995/4/8

5 新自由主義と労働運動

追伸——夜明けの不正を糾しつづけ、次のような……お話にかこつけて、かなたの地にいる貴婦人に一枝の赤いカーネーションを捧げよう。

月は色白のアーモンドの形をしている。月光を浴びて木々や植物は銀色の薄片をはられたように成型されている。コオロギはしゃかりきになって白い葉を木々の幹にちりばめている。その形は不規則であり、下の世界では夜の影が射しているようである。灰色をした一陣の風が、木々を揺さぶり、ザワザワとさせている。

ドゥリートは私のあごひげまでよじ登ってきた。突然に襲ったくしゃみによって、武装していた騎士は地面に転がり落ちた。ドゥリートはさらに重装備になっていた。ドゥリートは、身体に装着しているだけで十分威圧的な武具だけでなく、コロルテ［ラカンドン密林に自生する野生ヘーゼルナッツの一種］の半分になった殻を頭にかぶり、薬のビンのふたを盾としてもっていた。エクスカリブルの剣を抜き、槍（見たところ、真っすぐに延ばしたクリップである）をもって、彼は完全武装していた。

「それで?」と質問しながら、無駄とは思ったが、私は指でドゥリートを手助けしようとした。

今一度、ドゥリートは、自分の身体、つまり身につけた武具を整えていた。エクスカリブルの剣をさやに納め、何度も咳払いをした後、ドゥリートは尊大な声で言った。

「私の虐げられた従者よ、もうすぐ夜明けだ！　夜明けとは、夜が辞去するために身づくろいし、昼が世界に顔を出すためアポロの逆立った棘のような髪を鋭く研ぐ時間帯である！　そして、貴婦人が目の前にいなくても、彼女に対する特権を高めることになる冒険を求めて、遍歴の騎士たちが馬にまたがる時間である！　遍歴の騎士たちは、忘却や休息を求めながらも、その貴婦人のことを想い、いかなる時もまぶたを閉じられない」

私はあくびをした後、忘却と休息がもたらされるようにまぶたを閉じた。ドゥリートは苛立ったように声を荒げた。

「われわれは貴婦人を挫き、未亡人を立ち直らせ、盗賊どもを救け、身寄りのない人を投獄するために出発すべきである！」

「そのメニューはまるで政府の計画のようですね」と私は目を閉じたまま言った。私が完全に目を覚ますまで、ドゥリートは出発する気はなかったようである。

「警戒体制をとるのだ、この無頼漢め！　おまえの主人が行く先ざきでいかなる災難や冒険に遭遇しようとも、同行するのだ。それがおまえの任務である。そのことを思い出すのだ！」

結局、私は目を開けてドゥリートを見つめた。ドゥリートは遍歴の騎士というよりは、がらくたの戦車のような格好をしていた。疑念を振り払うため、私は質問した。

「ご自分は何のつもりなのですか？」

ドリートは自分がいちばんキリリとしていると考えているポーズをとりながら答えた。

「私は遍歴の騎士である。ただし、遍歴の騎士の記憶のなかで自らの名前を不朽のものにするために、その名声がけっして記憶されることのないたぐいの遍歴の騎士ではない。同輩の嫉みや、魔術師がペルシアを、バラモンがインドを、フィノソフィスタがエティオピアを創りだしたように、不死の神殿にその名前を刻み込むことになる遍歴の騎士である。武の道の頂点と最高の栄誉に到達しようとする遍歴の騎士が、自らの歩むべき道筋を見つめているあらゆる場所において、今後の何世紀にわたる見本、手本として役立つだろう」

「眠くて……眠くて……、だけど、ずいぶん……よく似た台詞ですね」と私は言おうとしたが、ドゥリートが遮った。

「黙れ！　無神経で粗野なやつめっ！　私の台詞は『高名なる郷士ラマンチャのドン・キホーテ』の剽窃である。そう言って侮辱するもりだろう。たしかに、この作品はわれわれの必需品である。だから言っておかねばならない。おまえは書簡のなかで、ずいぶん強ばった言い方ばかりしている。引用文献一覧をつけろ！　おまえがこれまで通りの方針を採りつづけるなら、厚かましさを飾りたて、誤魔化すため、ひとつの文章に六人も七人もの作者を引用しているガリオのようになるだろう」

付け足しのコメントでひどく傷つけられた気分になり、私は話題を変えることにした。

「あなたの頭にあるのは……コロルテの殻のようですが」

「これは面頬つき兜である。まったく何も知らないやつだ！」とドゥリートは言った。

「面頬つき兜ですって？　針のついた殻のようですが……」と私は言いはった。

「コロルテ。面頬つき兜。そして光輪である。サンチョ、これは命令である」と言いながら、ドゥリートは面頬つき兜をかぶった。

「サンチョですって?」と私は質問と抗議の意味を込めて口ごもりながら言った。

「そうだ。馬鹿な真似ごとはやめて、出発の準備をするのだ。疲れを知らぬ私の剣による救済を必要としている不正がたくさんある。独立系労働組合の首根っ子を試し切りしようと、不正の刃はうずうずしているのだ」

こう言うと、ドゥリートは首都メヒコ市の市長［当時は連邦政府任命のエスピノサ］のように剣を研ぎだした。

「最近、ずいぶんたくさん新聞を読まれたようですね。しかし、注意してください。自分を自殺に追いこむことはないでしょう」

こう言いながら、私は自分が起き上がる時間をできるだけ遅らそうとした。一時ではあるが十六世紀風の話し方を止めると、ドゥリートは自分がもう乗り物を確保したことを自慢気に説明した。ドゥリートによると、その乗り物は八月の稲妻のように速く、三月の風のように物静かで、九月の雨のように淑やかであるという。それ以外にどのような驚異すべき特徴があったのか、私は覚えていない。しかし、各月ごとにひとつの驚異が挙げられていたはずである。私が容易に信じられないという素振りを見せると、ドゥリートは彼の自慢の乗り物を拝謁する光栄に与らせてやろうとおごそかに告げた。これで少しは寝れるだろうと考えながら、私は腰をおろした。

出かけたドゥリートが戻るのに相当時間を要した。実際、私は眠り込んでいた……。

「ただ今、参上！」という声で私は目が覚めた。

声の主はドゥリートだった。彼は遅くなるのも当然というものにまたがっていた。乗り物は小さな亀だった！

ドゥリートが「華麗なトロット」だと言い張っている歩み、つまり私からすればあまりにも慎み深く時間のかかる歩みで、一匹の亀が私の前にやってきた。自分の亀（ツェルタル語では「コック」）にまたがったドゥリートは、私の方を振り向くと、質問した。

「私の雄姿はどうだ？」

私は彼の姿をじっと見つめた。そして、理由はよくわからないけれど、孤独の支配するラカンドン密林の世界へとやってきた遍歴の騎士に対する尊敬の念から、私は沈黙を守った。彼の姿は……なんとも「奇妙な」ものだった。

ドゥリートは、自分の亀、失礼、自分の馬にペガサスという誇大妄想としか思われない名前を付けていた。その名前に疑念が生じないようにと、ドゥリートは亀の甲羅に『ペガサス、版権所有』とハッキリと大きな文字で書いていた。その下には『シートベルト着用』と書かれていた。私に反対側を見せようと、ドゥリートが乗り物の向きを変えた時、私は経済復興計画との類似性を指摘したい気持ちを抑えきれなかった。ペガサスは自分のペースを守ったので、ドゥリートが『目もくらむ馬の急回転』と予告していたものは、実際には亀の上での緩慢な回転でしかなかった。十分に慎重な亀の動きでは、気分が悪くなると文句を言う者はいないだろう。数分後、ペガサスの痩せ細った左側の面に『喫煙席』と『労働組合のボス立入禁止』『広告募集中。問いあわせはドゥリート出版社へ』という告知文が読めるようになった。宣伝文句がペガサスの痩せ細った左側と後部を全面的に占拠しており、文字を書く隙間はほとんど残っていないだろうと私は思った。

ドゥリートの超・極小・小規模企業家としての想像力、つまり新自由主義と自由貿易協定による難破を生き延びるための唯一の方法を讃えた後、私は尋ねた。

「あなたの命運をどこに向かわせる予定ですか?」

「このお調子者め、知らないのか。そのような台詞は高貴なる郷士だけに許されたものである。不精者の平民に許されたものではない。そうした連中は、私の無限の慈悲の恩恵を受けることなく、虚ろな人生を歩みつづけ、遍歴の騎士の秘密や驚異を知ろうと夢みることもできない」

こう答えると、ドゥリートはペガサスを手綱で御そうとした。なぜか奇妙な理由で、ペガサスは出発したくてたまらない様子であった。

午前二時まで、あまりにも多くの叱責を受けてきていたので、私はドゥリートに言い放った。

「どこにおいでになられようと、ひとりでお出掛けください。私は今夜出発するつもりはありません。昨日、カミーロはジャガーの足跡を発見しました。彼によると、ジャガーはこの付近を徘徊しているとのことです」

これによって、われわれの勇敢な騎士の傷つきやすい脇腹を攻撃できたにちがいない。私はそう確信した。ドゥリートの質問する声が心なしか震えていたからである。

「ジャ……ジャ……ジャガーだって?」

こう言って唾を飲み込んだ後、ドゥリートは聞き取りにくい声で尋ねた。

「ジャガーは何を食べるのだ？」

「何でも食べます。ゲリラ戦士、兵士、カブト虫……そして亀も！」と私は最後に亀を付け加えた。

そうして、私はペガサスの予想される反応を観察した。自分のことを言われているのに知らない素振りをしていたので、小さな亀は自分が馬であると信じ込んでいるにちがいない。ペガサスがかすかに馬のいななきのような声を出した気がした。

「なんてこった！　おまえは私を恐がらせるため、そんなことを言っているのだ。だが、ちゃんと知っておけ。この武装した騎士は風車の格好をした巨人を打ち負かしたのだ。その巨人は、時には機銃を装備したヘリコプターのふりをすることもあった。その騎士は陥落させることがきわめて難しいとされた王国を征服し、もっとも慎み深いとされた王女の抵抗を打ち破り、さらには……」

私はドゥリートの発言を遮った。次々と頁をめくりながら、ドゥリートが話しつづけることは明白だった。しかも、とりわけコミュニケが夜遅く届いた場合、校閲の責任者の批判を受けるのは、私にきまっていたからである。

「わかりました、わかりました。だけど、私だけに教えてくれませんか。どこへ行くのですか？」

「目的地はメヒコ市だ！」とドゥリートは剣を研ぎながら答えた。

旅の目的地はペガサスにとっては途方のないものであった。亀としては控えめなため息を吐きながら、ペガサスはたまげたという素振りを見せた。

「メヒコ市ですって？」と私は疑い深く聞き返した。

「そのとおり！　和解・和平委員会（COCOPA）はおまえたちをメヒコ市まで行かせるつもりはな

い。だから、連中は私も制止するはずである。こんなふうに、おまえたちは考えているのか？」

　立法府議員は激昂しやすく議場でも立腹するので、ＣＯＣＯＰＡのことを悪く言わないように、ドゥリートに忠告しようと私は思っていた。しかし、ドゥリートは委細かまわず続けた。

「しかし、私が遍歴の騎士であることをおまえたちは知っておくべきである。しかも、私は破綻した新自由主義経済よりはるかにメヒコ的である。だから、私はいわゆる『宮殿都市』に赴く権利を有している。私、遍歴の騎士、きわめて高名で優美な人物、男たちに尊敬され、女たちに好かれ、こどもたちの憧れの的である人物が、自らの足を使って栄誉を授けるためでなければ、どうしてメヒコ市の宮殿など望むものか」

「脚を使ってです。忘れないでください。あなたは、遍歴の騎士、メヒコ生まれですけれど、カブト虫なのですよ」

「私の足、つまり脚でだよ。しかし、立ち寄る遍歴の騎士がいない宮殿などは、四月三十日に贈物のないこども、煙草の詰まっていないパイプ、文字のない本、音楽のない歌、従者のいない騎士のようなものである……」

　ここまで言ったところで、ドゥリートは私をじっと見つめ、質問した。

「ところで、おまえはこの陰謀の渦巻く私の冒険の旅に随行したくないのか？」

「条件しだいです」と興味のある素振りを見せながら、私は付け加えた。

「『陰謀の渦巻く冒険』なるものの意味しだいです」

「それはメーデーのデモ行進に参加するという意味である」とドゥリートは答えた。

それはまるで『タバコを買いにそこの角まで行ってくるよ』と言っているようであった。

「メーデーのデモ行進にですって？　だけど、メーデーのデモ行進がないかもしれません！　労働者の経済をいつも気にかけてきたフィデル・ベラスケス〔一九四〇年代からメヒコ労働連合事務局長を続けている官製労働運動のボス〕は、メーデーのデモ行進をするお金がないと言っていました。労働者が籠から出てしまい、最高権力者に感謝する代わりに、風刺漫画家が気に入りそうにもない混じり気のない悪口を投げかけはしまいかと、彼は恐れているのです。口の悪い連中はそんなことを当て擦りながら言っています。しかし、その話は作り話です。その措置は労働者を恐れているからではなく、労働者諸君の意向を『とおっーても尊重した』決定であると、労働者会議の事務総長はすぐさま弁明しましたからね。そして……」

「もういい、奥歯にもののはさまった言い方はやめろ。私はメーデーのデモ行進に参加するのだ。誰もが知っているように、フィデル・ベラスケスは貧しい人々を支配している残忍な鬼である。私は彼に決闘を申し込むつもりだ。アステカ・スタジアムで彼と決闘をするのだ。そうすれば興業収入はかなりのものになるだろう。ベーンヘイカー（このような綴りではないと私を批判してはならない。また、アメリカ〔メヒコのサッカー・チーム、愛称アギラス〕の指導部は正しい綴りを知らないと批判してもいけない。この綴りが小切手に記入されているのだから）が「アギラス」をやめさせられてから、人々はワシもソピローテも見かけなくなったのだ」

　ドゥリートはほんの少しだけ沈黙し、何事か考えながらペガサスを見つめた。ペガサスは寝ていたにちがいない。というのは、しばらく前から動かなくなっていたからである。

　突然、ドゥリートは私に問いかけた。

「フィデル・ベラスケスは馬をもっていると思うか?」

私はちょっとばかり考えて答えた。

「そう、彼はチャロ〔本来は馬乗りを意味するが、転じて労働組合のボスを指す〕です……だから、おそらく一頭ぐらいもっているでしょう」

「望むところだ!」と言うと、ドゥリートはペガサスに拍車を入れた。

ペガサスは自分が馬だと思い込めたかもしれない。しかし、彼の身体は亀であり、亀であることを証明する堅固な甲羅がついていた。出発させようとするドゥリートのカウボーイ気取りの説教にペガサスは耳を貸さなかった。少しばかり努力した結果、ペガサスをクリップ、いや失礼、鼻にある槍で突き刺せば、ペガサスを全速力で駆け出させられることをドゥリートは発見した。「全速力」といっても、この亀の馬では時速十センチメートルが限界である。ドゥリートのメヒコ市到着がかなり遅れることは明白である。

「その速度なら、フィデル・ベラスケスが死ぬ頃〔実際には一九九七年六月末死亡〕に到着することでしょう」と私は捨て台詞を吐いた。

私はそんな口をきいたことはなかった。ドゥリートは手綱を引くと、自分の乗っている馬に拍車を入れた。その様子はパンチョ・ビジャがトレオン市〔メヒコ北部のコアウイラ州の鉄道の要衝都市〕を占領した時のようだった。とはいうものの、このイメージは文学的表現である。実際にペガサスがしたのは立ち止まることであった。彼の速度はほとんど感じられないものだった。

ペガサスの静かさとは対照的に、ドゥリートは興奮したように私にむかって言った。

「おまえの身にも、この数十年に労働運動の顧問連中の身に起きたことが起きているのだ! 連中ときたら、労働者に忍従を要求しつづけ、組合ボスを権力の座から引きずり落とそうとはしない。彼が滑り落ちるのを座して待つだけである」

「だけど、全員が座して待っているわけではありません。なかには、本当の意味で自立した労働運動を構築するために戦ってきた人たちがいます」と私は言った。

「私が会うことにしているのは、そうした人たちである。彼らと会合をもって、われわれ労働者が尊厳をもっていることを彼ら全員に教えるのだ」とドゥリートは言った。

その時、私はドゥリートがかつて話してくれたことを思い出した。ドゥリートはイダルゴ州で鉱山労働者、タバスコ州で石油労働者として働いていたという。

ドゥリートは出発した。彼の姿が私のビニール製のテントシートから数メートル離れたところにある薮に消えるまで、ゆうに数時間はかかるだろう。立ち上がった私は、自分の右足のブーツがブカブカしているのに気づいた。手にもっていたランプで足元を照らすと、なんと!……ブーツの靴紐がなくなっていた。その時、私はペガサスの手綱が気にかかっていたわけを思い出した。今はもう、ドゥリートがメヒコ市から帰ってくるのを待つしかない。ブーツを結わえるツルを探している時、ドゥリートに青タイルの家のレストラン［一九一四年一二月、サパタ軍とビリャ軍のメヒコ市共同占領時に両軍の会食が行われた場所。現在はサンボーンズというレストラン・チェーンの店］を一周するように勧めるのを忘れていたことに私は気がついた。私は再び横になった。もう夜は明けていた……。

上では、天空があくびをしている。そして、びっくりしたように赤く充血した青い目をして天空は思いを巡らしている。メヒコはずっとここに、昨日まであったところに、ありつづけるだろう。私はパイプに火をつけ、木々から離れながら、最後の一回転をしている夜を見つめていた。私はつぶやきながら、自分に言い聞かせた。

闘争はきわめて長くなるだろう。しかし、やる価値はある……

出典—La Jornada, 1995/4/20

6　メーデーのドゥリート

追伸――ドゥリートの現在の歩みと、彼の助言に関して説明する。

ドゥリートは一通の葉書を送ってくれた。中央にドゥリートが写っている。左側にはペガサス、右側には革命記念塔が写っている。写真の下には、「左と右のどちらの歩みが遅いのか？」と書いてある。ドゥリートの葉書には次のように書いてあった。フィデル・ベラスケスとは会えなかったが、メーデーのデモ行進に参加したという。そして、合州国大使館の前を通過する時、「ドジャース、ばんざい！ヤンキース、くたばれ！」と叫んだ（ドゥリートはバレンスエラが現在はサンディエゴ・パドレスに移籍していることを知らない）。ドゥリートは、ソカロ広場に何時に入・退場するかを知らなかった。ドゥリートを長時間観察していた人物が近づき、「すみません。だけど言いたくて仕方なかったものですから、怒らないでください。あなたはカブト虫によく似ていますね。」と言ったそうだ。とてつもない集会だった。「あらゆるものがそこにあった」とドゥリートは言っている。そして、当たり前のことに対するいつもの癖で、「ないのは革命だけだった」と付け加えている。

出典―La Jornada, 1995/5/11

7　ドウリートの旅立ち

追伸――ドゥリートがメヒコ市へ旅立つ前に、どのようにしてわれわれがセイバから降りたかについて説明する。

ドゥリートはパセについて私に教示し終わった時、どうすればセイバから降りられるかを自分も知らないことに気づいた。何をしたらよいのかわからない時のつねとして、われわれはパイプに火をつけた。ドゥリートはセイバのそばから聞こえてくる唸り声に気をとられていた。新しい冒険が近づいてきたとドゥリートは思ったようである。

「六頭目の牡牛だ！　さあ、この高貴な闘牛場における輝かしい一頁を飾る時がきた！　ここでだ！」

こう言うと、ドゥリートは広場の中央へと歩み出た。私はカーネーションを拾いあげた。そのカーネーションは、闘牛（ドゥリートなら「逃走ごっこ」と言うだろう）が始まった時、愛らしい眼をしたグアダラハラの人が私に投げたものである。（四月十九日にカーネーションが送られたことは知っていたが、私が受け取ったのは四月二十三日だった。しかし、私はそのカーネーションを私のお気に入りの場所にしまうことができる。いずれにせよ、この部分は私の追伸である）

「エヘン、従者よ！　パソ・ドブレの口笛に注目するのだ。眼をカッと見開き、ペンを動かせ。おまえがこれから眼にすることは、闘牛の記録に残すに値することだからな。どんなに低く見積もっても、闘牛はそれが巻きおこす不思議な出来事と同じように極上の祝祭である」とドゥリートは命令した。

「御自分がなさっていることをわきまえてください。スズメバチでなければいいのですが」と私は注意した。

しかし、ドゥリートは正体の知れない牡牛を呼び出した。だが、何も現われなかった。無視されたため、ドゥリートはますます無分別になった。ついに、目の前の樹木に小枝を投げつけだした。唸り声は大きくなった。観客の期待は高まっていった。私はその尊大なイメージを描写できない。役立たずの従者にして最悪の記録作家である私が、ポツンとひとりでいる不恰好なドゥリートの姿について記述できるはずがない。ドゥリートはカポーテを掲げ、バンデリーリャ［牛の肩に刺す飾りつきの銛］だと大声で説明してくれた二本の小枝を手にもっていた。月もびっくりして、この結末を見届けようと立ち止まった。乳白色の天の川は無数の砂のように輝く光にみち、感動に満ちた夜の雰囲気をかもしだしていた。しかし、緊張を維持できなかった。失神したひとつの星が落ち、褐色の夜の顔にかすかなひと筋の線を残した。ドゥリートはパセを始め、歩調を変えはじめた。高々とあげられた二本の腕に握られているバンデリーリャは頭上でキラキラと輝いていた。唸り声は集まり、ブーン、ブーンという音となり、ひと固まりになって近づいてきた。神託を告げるべく、太鼓は打ち鳴らされた。だが、その直後……

すぐさま、ドゥリートは前進していたパセを止めた。あわてふためき、彼の美学に反する形で回れ右をした。そして、私のところに走ってきながら、彼は叫んだ。

「蜂だ！」

「ラッパは退却を告げた」とだけ私は書き記すことができた。ドゥリートは私の頭の上を飛び越し、月がセイバのそばに忘れて残した一本の編まれた髪にぶらさがった。何が起きたのかに気づき、私は闘牛の記録と鉛筆を放り出した。私はドゥリートに続いて飛び降りた。「ヨソモノ」と呼んでいる蜂が攻撃してきたのである。赤いムレータはなかったし、蜂を止めるものは何もなかった。蜂に刺された私の顔は象のように腫れあがった。きっと、カミーロともうひとりの私は走るのをやめず、グアテマラまで遁走しただろう。

ドゥリートは私を慰めてくれた（彼は身動きひとつせず固まっていた）。

「やっと降りることができた！　ちがうかね？　ちゃんと闘牛の年代記を持って降りただろうな。忘れたのなら、年代記を取りに木を登らねばならないぞ」

激しい痛みを感じたので、私はドゥリートに悪態をつけなくなった。

（どうやらカブト虫そっくりの）遍歴の騎士が、伝説的なデカ鼻と無分別の持ち主である従者に教授した、精神を広げ、遍歴に力を与える助言と思考に関する追伸の部。

追伸——ドゥリートから受け取った葉書について話を続けます。

別れのあいさつの箇所で、ドゥリートは私に警告している。それは、無責任な連中、元反対派、元左うものだった。

翼、元革命家、元ゲリラ、元進歩派、国外の革命と連帯していた元活動家の連中に注意するようにとい

「連中は特定の宗教について皮肉を言っていたはずだが、結局は、昨日まで批判していた体制に奉仕するようになる。連中はきわめて激しく反乱者を攻撃している。というのも、連中のありのままの姿を写している鏡のなかに見えているもの、つまり思想的に分別のある無責任さが恐いからである。連中は鏡を壊したいと思っている。その理由は鏡が意味する内容ではない。自分たちが『分別をわきまえた人物』の振りをすることが無意味になるからである。鏡によって、そのことが彼らに示されるからである」

「十分、心するのだ！」とドゥリートは続けている。

「このタイプの人間はどこにでもいる。おまえも出会うだろう。許せよ。文章のこのくだりは、父権主義的な響きがしすぎだ。だが、おまえはずいぶんお人好しだからな、サンチョよ」

文章の終りを見て、「サンチョだって？」と私は自問した。

追伸——常識、ロック、祭典と人生の関係について説明する。

「蛇—十二」の祭典に参加した後、「スラムでは誰もが私にファンファーレを奏でてくれた」とドゥリートは自分の甲羅を磨きながら自慢げに言っている。

「今日のメヒコにおいて、先住民、若者、ロックンローラー、遍歴の騎士、カブト虫であることほど、

非常識な存在はない」とドゥリートは言っている。

「だから、メヒコ人でいちばん非常識な存在は、おまえが仕えている者である。なぜなら、私は先に挙げた五つの条件を備えており、追伸とはまったく無縁の存在である」

「メヒコのロックは、礼儀を知らない不作法な批判者である。その轟音は当然ながら物事を切り刻む刃を所持している。しかし、彼らの仕事や音楽活動は、その轟音とともに、南東部の先住民のなかで跳ね返り、先住民の反乱と出会っている。権力の枠外にあるメヒコの生活を写しだしている鏡の複雑な作用によって、目出し帽や有名な和平は若者たちの手に握られている。変化のなさに対する倦怠感、より良いものになりたいという渇望以外に、若者たちは何も共通するものをもたない。祭典に出演していたグループやソリストといえば、どいつもこいつも非常識な連中である」

ドゥリートはこう断言している。彼の確信にみちた主張によれば、常識とは、ネクタイのように、流行とともに変化する、エレガントだが首を絞める道具である。そして、常識は、愛、音楽、そして人生(「そう、この順番で」とドゥリートは指摘した)に関して、脚注だらけの指導マニュアルを作り出し、性欲の減退までを作り出している。こう言った後、ドゥリートは説明を付け加えた。

「サンチョよ、われわれが苦しんでいる別の悲しみ以外にもね」

追伸——鏡は自分以外のあらゆるものを写すことができる。そのことを大胆に主張しよう。

「われわれ全員がマルコスである〔一九九五年二月の政府軍攻撃に反対する市民集会でのスローガン〕」とは言えない。少なくとも、マルコスがマルコスではないことは明白である」とドゥリートは書き記している。
ご存知のように、ドゥリートはポリエステルのマニュアルで弁証法的唯物論を研究していた。

出典—La Jornada, 1995/5/30

8

新自由主義と国家政党体制

第四の鏡

第四の鏡を見るにあたっての指示は次のとおりである。

どんな鏡でもよいから見つけて、その鏡をあなたの前に置きなさい。姿勢を楽にして、深呼吸をしなさい。眼を閉じ、次の言葉を三回繰り返しなさい。

「私はありのままの私である。私がなれるものは限られている。鏡は私がどのような存在かを示している。私がなれるのはガラスである」

それが済んだら、眼を開けて鏡を見なさい。あなたの姿ではない。視線を下に向け、左にやりなさい。できた？　よろしい。よく注意して見なさい。すぐに別のイメージが登場するだろう。行進だ。南東部からくる男、女、こども、老人たち。そう、メヒコ市に通じる道路だ。キャラバンの左横を歩くものが見えるか？　どこ？　そこの下、地面だよ。ああ、小さな黒っぽいものがいる！　何だろう？　あっ、カブト虫だ！　今一度ご注目を。このカブト虫こそ……。

ドゥリートは全速力を出している。何日にもわたる行進や病みあがりにもかかわらず、タバスコの人たちは疲れた気配すら見せていない。この『民主主義と民族主権を求める脱出』［タバスコ州知事選挙の不正に抗議するPRD支持者による一九九五年五月の首都までの行進］が今朝始まったかのように、彼らは歩んでいる。この前のサパティスタの叫び声と同じように、メヒコの南東部から、今一度、メヒコという国全体にむけた呼びかけが歩んでいる。サパティスタと同じように、彼らは民主主義、自由、正義を求めている。メヒコ南東部の人々の英雄的な熱狂のなかで、希望はタチカムという言葉［チョンタル語］によって暗示されている。それはよりよい未来を模索しようという希望の集結を意味する。それは、踊る権利が憲法で保障される場所を夢見ることである。

行進が止まったので、体がほてっていたドゥリートは潅木の下に潜り込んだ。しばらくして呼吸が整うと、おもむろにドゥリートは紙とペンを取り出した。密林に置いてきた小さな書き物机の代わりとなる石の上で、彼は手紙を書きだした。いいから！　恐れることはない！　ドゥリートの肩越しに覗いてみると、次のように書いてあった。

メヒコ・サパティスタ民族解放軍
メヒコ市、国立メヒコ自治大学（UNAM）

教授兼研究者の某氏宛

メヒコ・EZLN副司令官マルコスが従者を務めている遍歴の騎士
ラカンドン密林のドン・ドゥリートより

拝啓

遍歴の騎士という高貴な天職を遂行しているカブト虫の私が貴殿に手紙をしたためることは、貴殿には奇異に感じられるだろう。迅速かつ簡単に説明するから、心配されることはない。また、精神分析家の診断を受けに出かけられるには及ばない。「民主主義への移行」（またはそのたぐいのもの）に関する本のために論文を書いてほしいと、貴殿は副司令官に提案したという。その本（何であれ）は、UNAMで編集されるのだろう（出版業界の危機や用紙代の高騰を考えれば、誰もその本を読まないことが確実に保証されていると言っても差し支えない）。契約は以下のとおりである。UNAMが執筆「協力者」に支払われるはずの千新ペソという途方もない金額は、米ドルまたはイタリアのリラ相当額に換算して、トゥリンのフィアットの労働者に支払われることになっている。ヨーロッパの労働者の大義に対するサパティスタの連帯のあかしとして、コバスの労働者も上記の金額をすでに受け取っている。そのことをわれわれは承知している。貴殿やフィアットの労働者はすでに責任を果していた。責任を果していない悪者は副司令官一人である。私は原稿渡しの期限はよく覚えているが、副司令官が書いた内容については何ひとつ覚えていない。一九九五年一月になっても、政府が対話の準備をしていると無邪気に信じて、副司令官はあちこち歩き回っていた。だから、彼は一月には約束の原稿をひとつも書いていない。裏切りがあった二月になって、やっと副司令官は理性を取り戻し、私のもとへ馳せ参じた。だまし討ちから立ち直ると、彼は論文を書く約束をしていたことを話し、窮地におかれている自分を助けてほしいと懇願した。ご承知とは思うが、私は遍歴の騎士である。問題の哀れな人物がデカ鼻の犯罪者であるとしても、われわれ遍歴の騎士は助けを求めてくる者を救済しないわけにはいかない。それゆえ、私は彼が求めてきた援助を与えることを喜んで引き受けた。それゆえ、副司令官ではなく、この私が貴殿にこの文章を書いているのである。代理執筆を引き受けたのは二月なのに、どうして五月に書いているのか？　貴殿はこうお尋ねになるだろう。ある記者が適切な指摘をしていたように、これは「絞首刑になった者の反乱」〔作家ブルーノ・トゥラベンのチアパスの先住民反乱を題材とした小説〕であることをよく思い出していただきたい。

私がこの一文をきわめて誠実かつ真面目に書いていることもお知らせすべきだろう。だから、政府代表団のお歴々のひんしゅくを買っている副司令官の無礼な言葉や冗談がこの文章に紛れ込むなどと期待してはならない。だから、書くのが遅れたのである。そんなに立腹しないでほしい。さらにひどい事態もありえた。副司令官が貴殿に手紙を書ける日まで待つことになかったかもしれない。しかし、あまり当てにならない仕事を待ちつづけるのは無意味である。そこで、私はこうして貴殿にこの巻紙を送ることにした。私の記憶が間違っていなければ、書簡では私が提案した次の表題のテーマが扱われている。

サパティスタの考える民主主義への移行

「新サパタ主義によると」と言って、意見を述べる人がいる。しかし、老アントニオが「質問のお話」ですでに説明したように、この地においては一九九四年のサパティスタと一九一〇年のサパティスタは同じものである。

現在の政治状況が意味すること、民主主義、あるものから別のものへの移行に関して、われわれが考えていることを開示しよう。

(1)現在の政治状況―メヒコにおける民主主義への移行の最大の障害、国家政党体制

現在のメヒコでは、社会階級だけでなく、経済や政治的側面、さらには都市や農村における地理的な「組織」に関するまで、メヒコ社会のあらゆる面を横断するように存在する構造的な奇形の状態にわれわれは直面している。この「奇形」は、実際には二十世紀末の世界規模の野蛮な資本主義によって作り出されたものである。「新自由主義」と呼ばれる仮面を被り、奇形の状態が永続化し、深刻化することによって、資本主義は発達するのである。奇形の状態の「均衡を取り戻そう」とする権力の側からの試みは何ひとつ実現されない。安っぽいデマゴギー（農村直接援助計画）や、全国連帯計画という全国レベルのファシズム的統制という古色蒼然とした試みの域を脱することはできない。つまり、メヒコにおける社会的「不均衡」は、緊縮予算政策の行き過ぎやそれに関する問題から生まれたのではない。われ

われはそう主張したい。それを可能にするものは、支配システムの本質そのものである。この不均衡がなければ、支配システム全体が崩壊してしまう。

私としては、われわれの経済や社会面における多様な「奇形」について話すつもりはない。取り急ぎ、政治面での奇形についてだけ話すことにしよう。

メヒコの政治システムは、その歴史的基盤、現在の危機、そして死滅する未来においても、「国家政党体制」と呼ばれる奇形のなかに抱え込まれている。政府と国家政党(PRI)の結託だけではなく、反対派の政治組織や、いわゆる「市民社会」のなかまで浸透している政治、経済、社会の諸関係によって構成されているシステムも関連している。

このシステム内で政治諸勢力の均衡をとる試みは、最善のものでも、PRI内部の民主派や反対派政党の一部の構成員を鼓舞している善意の願望を越えることはないだろう。現時点でこの政治システムが生き延びるための唯一の方法は、馬鹿げた不均衡を維持することである。一方の側には政府機構のあらゆる勢力、弾圧体制、マスコミ、大資本、PRIの標章をつけた反動的な行政官、そして反対側には相互対立を最優先する細分化した反対派勢力という構図である。メヒコの政治システムのなかで複雑で有機的に関連している均衡の両端の間、むしろ周縁という位置に、多数派であるメヒコ人民がおかれている。メヒコ人民という第三の勢力を消去するか、存在させるか、あるいは無気力にするか、動員するかを巡って、国家政党体制、そして組織された反対派の二勢力が画策しているのである。第三の勢力を無気力にするために、体制側のあらゆる装置が活動している。同時に、第三の勢力を動員するため、(合法、非合法を問わず)反対派による(公開、秘密裡を問わず)政治提案が行なわれている。

システムの枠内で不均衡を元に戻そうという試みはすべて実行不可能である。均衡の回復は、六十年以上かかって強化されたメヒコの政治システムの死を意味する。システムの「競技ルール」には、政党制度はともかく、より公正な社会組織という新しいモデルに対して譲歩する項目はない。だから、独占による支配が一層強化されている経済システムがあるかぎり、提案や要求を自由に行なう夢は実現できない。政治の独占を基盤とする国家政党体制というシステムがあるかぎり、諸政党による自由な政治競争は実現されない。

この問題がこのような（問題は指摘するが、解決策は指摘しないという）形で指摘されていることをとりあえず許してほしい。さらに、何カ月とは言えないが、この説明の続きを先延ばしすることも認めてほしい。国家政党体制に関する含蓄ある特性規定については、貴殿は優秀な分析者によるきわめて説得力のある（皮肉ではない）分析を参照できるはずである。われわれは、貴殿が準備している本に収録される予定の他の立場との違いを指摘しているのである。つまり、国家政党体制の枠組みのなかでこの奇形の「改革」や「均衡を取り戻すこと」を試みることは、不可能である。「断絶なき変革」はありえない。現在のメヒコのあらゆる社会関係を基盤から根底的に変革することが必要である。必要なのは革命、新しい革命である。この革命は国家政党体制の枠の外でしか達成できない。

(2)メヒコにおける新しい政治体制の基礎としての民主主義、自由、正義。

EZLN、ならびに大多数が先住民で構成されている基盤組織が掲げる諸要求の基礎となっているのは、民主主義、自由、正義の三つである。このうちのひとつが抜ければ、どれも達成できない。どれがいちばん重要であるかは言えない（「民主主義は後回しにして、とりあえず正義を確立しよう」と、われわれの耳元でつぶやくのはイデオロギーの罠である）。しかし、歴史上のさまざまな時期（一九九四年や現在バタバタと過ぎ去っていく感じの一九九五年）に、三要素のどれが強調されているか、三要素の相互の序列関係について、あるいはどの要素が支配的になっているかは、言明できるかも知れない。

政府軍がわれわれの部隊への包囲網を強化し、EZLN司令部のグループが軍コマンド部隊に「追跡」されていた一九九四年一月二十日、マスコミ宛に送った書簡でわれわれが指摘した特定の革命について、これからお話ししよう。その時、われわれはこう言ったはずである。

「メヒコの革命的変革はひとつの意味しかもたない行動によって生み出されるなどと、われわれは考えていない。それは、厳密な意味では、暴力革命か、平和革命かという問題ではない。それは、何よりもまず、多様な方法を駆使し、異なる社会形態のもと、多様な段階の責務や参加を実践しながら、社会のさまざま戦線で展開される闘争によって生み出される革命である。それは、特定の社会的提案を掲げ、勝利者然としている政党、組織、あるいは諸組織の同盟によって生み出されるものというより、多様な政治的提案の相互突きあわせから解決策を導き出すための民主的空間の基盤となるものである。この問題解決のための民主的空間は、相互に切り離せない歴史的な三つの基本的前提をもつ。支配的なものとなる社会的提案を決定するための民主主義、特定の提案を支持する自由、そしてあらゆる提案が従属すべき正義である」（一九九四年一月二十日）

ひとつの文で三つの指示といえば、苦いポソールのように中身の濃い指摘である。副司令官の文体の特徴は、概念の曖昧さと理解困難であるために、理念が消化不良となってしまうことである。もし許されるなら、彼がアウトラインだけ示し放置したことに関して、私が展開することにしよう。つまり、革命（数多くいる「革命」の前衛や救済者との論争を避けるために強調はしない）に関するすべての概念を内包している三つの指示のことである。

第一の指示は、革命的変革、つまりこの革命的変革の特性に関するものである。その特性には、多様な方法、さまざまな戦線、変異に富んだ形式、さまざまなレベルでの責務と参加が含まれている。どの方法にもそれぞれが適用される固有の場があり、闘争はあらゆる戦線で展開すべきであり、どのような形であれ参加することが重要であることを意味している。つまり、排他主義や前衛主義を退ける集団主義的な概念の問題である。革命（小文字であることに注意）の問題とは、「特定の組織」、「特定の方法」、「特定の指導者」（大文字であることに注意）の問題を通り越し、この革命が必要かつ可能と考えるすべての人々を糾合するという問題であり、その実現には全員が重要な役割を果たすことになる。

第二の指示は、この革命の目的と結果に関するものである。権力の奪取や新しい社会システムの樹立（平和的、暴力的を問わず）ではなく、そうしたシステムに先行する問題である。新しい世界の入り口、すなわち対等な権利と義務のもとで、多様な政治勢力が社会の多数派の支持を獲得するための「論争」の場を構築できるかという問題である。これでも、サパティスタは「武装した改良主義」という仮説が裏付けられるだろうか？　われわれの考えは違う。われわれが指摘したいのは、大多数の支持のない「強制された」革命は自らを裏切るということである。それを説明するには紙幅が必要であり、これが書簡であることはよく承知している。だから、とりあえずいくつかのことを指摘し、別の機会に展開するか、論争や議論（サパティスタ「御自慢」の方法）を呼びかけることにしたい。

第三の指示は、革命の特性というより、その結果に関するものである。結果として創出された空間、新しい政治的関係は、民主主義、自由、正義という三条件のもとで実現されねばならない。

要するに、われわれは正統的な革命を提起してはいない。革命を可能にする革命というきわめて難しいものを提起している。

(3)広範な反対派による共同戦線?

国家政党体制に対する反対諸勢力が分裂しているため、国家政党体制は攻撃に抵抗しながら、反対勢力の一部を取り込みながら間接支配できる。国家政党体制がいちばん心配しているのは、反対派諸勢力の急進化ではなく、彼らが偶発的にでも団結しないかということである。反体制の諸政治勢力が分裂していることによって、国家政党体制は反対派勢力を構成する政治的「小島」と交渉し、「戦い」ながらも、征服できるのである。戦争の掟、つまり「勢力の経済学」を適用すればよい。小さな核に分散している敵を相互に隔離した状況におき、個別の核に力を集中して打撃を与えればよい。これらの反対派の核は、単一の敵というより、複数の敵に対抗している存在として自己認識している。つまり、個々の核は、お互いの共通性(国家政党体制という対立する敵)ではなく、差異(政治的提案)をことさら強調している。われわれが言っているのは、操り人形の反対派ではなく、誠実な反対派であることは言うまでもない。反対勢力が分散しているため、個々の「小島」を「占領し」、打破(または消滅)するため、体制側は勢力を集中することができる。

この「小島」が団結することは、国家政党体制にとっては深刻な問題となるかもしれない。しかし、体制崩壊を目撃するには、それ（団結）だけでは不十分である。メヒコ人民という「第三の要素」の存在と介入が必要となるだろう。そう、人民の定義やその神聖化を回避するため、小文字の人民としておきたい。この「第三の要素」は社会階級として明確な特性を有しているのだろうか？ 当然である。しかし、前面に「突出する」ような特性ではない。そこにみられる支配的特性は、人民が政治、つまり政治組織に対して懐疑心や不信感をもっていることである。こんなふうに言うのは、「メヒコ人民」と言う場合は、われわれは解決策ではなく、問題の存在を指摘していることを伝えたいからである。そう、問題とともに、理論的な枠組みや御用組合主義の統制を乗り越えようという執念によって、見えてくる現実を指摘しているのである。

「小島」が団結するには、数多くの障害がある。そのひとつ、唯一ではないにしてもきわめて重要な障害は、団結の性格をめぐる見解の違いである。搾取された階級の団結、あるいは搾取された階級の諸組織の団結、それとも複数の階級の団結なのか？ こうして、また分裂が始まることになる。

ふたつの戦線を並行して構築できるのか？ それともひとつの戦線は別の戦線と対立するのか？ われわれは、それを構築することは可能であり、対立しないと判断する。しかし、いずれにせよ、最良の方法は第三の鏡に尋ねることである。質問し、返答する。話し、聞く。つまり、対話である。民族の……対話である。

（以上にて論文は終了。約束は果たした）

以上で終わりである。私の文学のスタイルは、「わが民族を代弁してロックが語る」［わが民族を代弁して精神が語るというUNAMの標語のパロディ」という標語で印刷されるにふさわしいと確信する。私の従者の文学スタイルではそうはいかない。彼は私の忠実で誠実な従者であるが、人生をガラスと鏡を使った遊戯と見なす傾向が強すぎる。

では、お元気で。気力を失わないで！　ガラスはもうそこにない。後は発見するだけ。

ラカンドン密林のドン・ドゥリート

どの道路の何キロか不明だが、メヒコにはまちがいない。

メヒコ、一九九五年五月

出典―La Jornada, 1995/6/9～11

9　メヒコ市への贈物

追伸――現実のものと空想のもののイメージによって、多くの鏡のなかから、壊すべき一枚のガラスを探す。

メヒコ市の早朝。ソカロ広場周辺の通りをドゥリートはぶらついている。『カサブランカ』のハンフリー・ボガートをまねた丈の短いコートと帽子を身につけ、ドゥリートは気づかれないように散歩するつもりである。キラキラと輝くショーウインドーからこぼれる影に寄り添っているドゥリートには、そのような服装や這うような遅い歩みも必要ない。影の影、押し黙った歩み、透かした刺繍のついた帽子、裾を引きずっているコート。ドゥリートは早朝のメヒコ市を歩いている。誰も彼に気づかない。彼の姿が見えないからである。うまく変装しているためか、そうでなくとも、五十年代の探偵の服装をしたちっぽけなキホーテの小さな姿は、ゴミの山のなかで判別できないだろう。誰かの足、そしてメヒコ市の早朝の気ままな一陣の風に引きずられる紙屑とともに、ドゥリートは歩く。誰もドゥリートを見ていない。理由は簡単である。この都会では誰も他人を見ようとしない。

ドゥリートが私に書いた手紙はこんなふうになっている。

「この都会は病んでいる。孤独と恐怖で病んでいる。この都会は孤独の大きな集合体である。この都会には複数の都市がある。住む人ごとにちがった都市がある。苦悩ではなく(苦悩のない孤独を知っているか?)、潜在能力の集合体となろうとしている。それぞれの孤独はそれを取り囲んでいる孤独の数だけ増殖する。それぞれの孤独は地方の祭にある「鏡の館」に入り込むようなものである。それぞれの孤独はいくつもの孤独を鏡のように跳ね返している別の孤独を映しだす鏡のようなものである」

ドゥリートはこの見知らぬ都市にあるものの正体に気づきはじめた。この都市は彼のいるべき場所ではない。今朝、そのことに彼は気づいた。ドゥリートは荷物をまとめた。この早朝の散歩は、再確認、つまり別れと知りながら愛する人たちが行なう最後の愛撫のようなものである。やがて人波は減りはじめ、よそ者をびっくりさせるパトカーのサイレンが増えだした。ドゥリートも、赤と青の点滅灯をつけたパトカーが通りを横切るたびに、その場で停止を命じられるよそ者のひとりである。ドゥリートは玄関の脇に隠れ、ゲリラのように素早くパイプに火をつける。小さな火がはじけ、深く息を吸い込む。紫煙が視線と身体を包み込む。ドゥリートは立ち止まる。あたりに目をやり、見つめる。目の前のショーウインドーの照明はついたままである。ドゥリートは近づいて、大きなガラスを見つめ、その内側に展示されているものを見つめた。いろんな形や大きさの鏡、磁器製やガラス製の人形、カットグラス製品、オルゴールがある。

メヒコ南東部の密林で過ごした長い年月を思い出しながら、ドゥリートはつぶいた。

「どうも喋る箱［神託を告げる聖人像の入った箱］ではないようだな」

ドゥリートはメヒコ市に別れを告げにきた。誰もが毛嫌いするくせに見捨てようとしないこのメヒコ市に贈物をあげようと決めていた。ひとつの贈物。ここメヒコ市の中心街にいるのは、ラカンドン密林のカブト虫、ドゥリートである。贈物とともに、ドゥリートは別れを告げる。

ドゥリートは華麗に魔術師のしぐさをする。すべてが停止し、穏やかな風にほほを撫でられ消えていくロウソクのように、光は消えた。さらに魔術師の仕草をすると、別の光がスポットライトのようにショーウインドーのオルゴール箱を照らした。リンネルの柔らかい生地をまとった踊り子は、交差させた両手を高くあげ、爪先立ちの両足で均衡を保ちながら、不動の姿勢をしている。ドゥリートは踊り子の姿勢をまねしようとしたが、手が多すぎることに気がついた。今一度、魔術師のしぐさをすると、煙草の箱ぐらいのピアノが現われた。ドゥリートはピアノの前に座り、蓋のうえにビールビンを置いた。ビンをどこから取り出したのか分からない。しかし、まだ半分残っているので、直前に取り出したことは間違いない。ドゥリートは指を鳴らし、映画でバーのピアニストがする指の合図のまねをした。ドゥリートは踊り子を振り返り、頭を傾けた。踊り子は動きだし、深々とお辞儀をした。ドゥリートは題名の不明の歌詞を奏でながら、脚でリズムを取り、目を閉じたまま、バランスをとりだした。最初の調べが始まった。ドゥリートは四本の手でピアノを弾いた。ガラスの向こう側では、踊り子が回転しながら、右脚をゆっくりとあげはじめた。ドゥリートは前かがみになり、ピアノの鍵盤を激しくたたいた。オル

ゴールという牢獄のなかで、踊り子は自分の最良のステップを踏んでいる。都市は消えた。何もかもなくなった。ピアノの前のドゥリートとオルゴールの踊り子だけである。ドゥリートはピアノを弾き、踊り子は踊っている。想像していなかった贈物、心地よい驚き、よい知らせを受け取りびっくりした時のように、都市はほほを紅潮させている。ドゥリートは別れという最良の贈物を都市に贈ったのである。別れとは壊れることなく永続する鏡であり、痛みを感じさせず、軽減し、そして洗い流してくれる。この光景はほんの一瞬しか続かない。この大都会に居住する都市が新しい形態を獲得するにつれ、最後の調べは消えていく。踊り子は居心地の悪い不動の姿勢に戻り、ドゥリートはギャバジン・コートの衿をたて、ショーウインドーに向かってゆっくりとお辞儀をする。

「君はいつもガラスの向こうにいるの?」とドゥリートは踊り子に尋ね、そして自問した。

「君はいつまでも、私がいるこちら側のむこう側にいるの? 私はいつまでも、君のいるむこう側のこちら側にいるの? ご機嫌よう。また会おうね。愛しいマルコンテンタよ。贈物と同じように、幸せは閃光のように一瞬しか続かない。しかし、価値あるものだ」

ドゥリートは通りを横断し、日影の側に移り、歩きつづける。角を曲がる直前にショーウインドーを振り返る。ガラスには星形の穴が開いている。警報機が虚しく鳴り響く。踊り子のついたオルゴールはもうショーウインドーのなかにはなかった……。

「この都会は病んでいる。病気が危機的な状況になれば、治療者が現われるだろう。何百万もに増殖し勢力を蓄えたこの集合的な孤独は、やがて自らを見いだし、自分が不能である理由を見つけるだろう。

81………9　メヒコ市への贈物

その時初めて、この都会は身にまとっている灰色を脱ぎ捨て、地方に満ち溢れている多彩色のテープで自分を飾るだろう。

この都会は鏡のなかで残酷なゲームを行なっている。的となるガラスがないなら、鏡のなかのゲームは無意味で不毛である。それをはっきり理解し、誰かは知らないが、誰かが言ったように、戦い、そして……幸せになっていけば十分だ。

これからすっ飛んで帰るよ。煙草を用意して、眠れなくなるのを覚悟しておけよ。サンチョ、おまえに話したいことがいっぱいある」

ここで、ドゥリートの手紙は終わっている。

夜が明けている。陽が昇るとともに、流れるピアノの調べにあわせて、ドゥリートは去っていく。東の空から昇る太陽は、朝の透明なガラスを打ち砕く石のようである。

いま一度、では、お元気で。そして中空が虚ろな鏡にも敬意を表すことにしよう。

副司令はピアノを離れ、多くの鏡に惑わされ、出口か……入口か?を探している。

追伸―ドゥリートはカブト虫も協議に含まれるのかと質問してきた。

その協議を推進するため、四本の手で弾く荘厳なるピアノ・リサイタルを急遽開催することにしたとドゥリートは知らせてきた。その演奏メニューには、ボラ・デ・ニエベの曲や「踊り子とカブト虫」という作品の世界で最初の公演があるという。その作品の作曲者は誰あろう？　あのドゥリート！　である。私は軍によって包囲されている事態を彼に思い出させようとした。だが、ダフ屋がこないので、かえって好都合であるとドゥリートは付け加えた。

出典―La Jornada, 1995/6/9〜11, 1995/6/25

10　ドゥリートの帰還

追伸――ドゥリートが帰還したこと、（私にとって）不幸な出来事について説明する。

「ダメ！　ダメといったらダメです！」と私はドゥリートに言った。ドクロの顔と骨の浮き出た身体をした某メルリンなるものが登場する物語の書評に関する話しあいは、すでに始まっていた。それは、ラカンドン密林のドゥルシネア姫の喜びの秘密をドゥリートに明らかにするためのものだった。

「どうして、おまえは『ダメ！』と言うのだ。私がおまえに頼もうとすることを知らないくせに」とドゥリートは問い返した。

「なぜなら、私は『才気あふるる郷士ラマンチャのドン・キホーテ』の第二部にある物語を知っているからです。あのメルリンが、サンチョ・パンサの尻に三六〇〇の鞭打ちを加えるべきであると告げるお話です」

その時、私が思い出していたのはサンチョのロバ、つまり羽のあるクラビレーニョ・アリヘロのことではなかった。

「クラビレーニョ・アリヘロ……その名前はまぬけな奴の名前、額にあるピン、そして歩む身の軽ろやかさに因んでいる。だから、名前に関しては、あの有名なロシナンテにひけをとらない」

高貴なる騎士は、このロシナンテにまたがり、大男で幻術使いのマランブルノを倒すことになる。しかし、私が思い出したのは、これまでの道中で苦しめられてきた騎乗用の馬のことである。

エル・サルバーヘ［野蛮という意味］といえば、その名前が示すように、乗られることから解放されたくなると、鬱蒼と茂っている山へ一目散に向かい、鞍や荷物に嫌気がさすと、地面に倒れ、鞍や荷物から逃れてきた。エル・プーマは腹をすかした馬で、コート掛けのように痩せこけ、ほかの人と同行するのにはほとんど役立たなかった。噂によれば、その馬は牧場で塞ぎ込んで死んだそうである。年齢と軍の階級が比例するとしたら、エル・チョコは司令官だったと思われる。この馬は年老いて気位が高かったが、右眼がなかった。とはいうものの、当時の道中のいたる所にあった断崖やぬかるみを回避するため、左眼だけで悪路を切り抜けてきた。エル・ビアヘロ［旅人という意味］は、陽気で活発な足取りをしたロバである。エル・トラクターは光沢のある黒い肌の持ち主で、落ち着いて優雅な足取りをした雄馬だった。この馬は、ツルツルとした石ころだらけの場所や滑りやすい急斜面の山に適した馬だった。

追伸―批判と自己批判がどのようにして作られるのか？　を示すことにしよう。

雲が木々のあいだにもたれかかり、月は何千本もの白い光線のピンで雲に穴を開けている。六月になったことを忘れたかのように、何匹かのホタルコメツキが、疑心暗鬼な様子で、焚火と灰色がかった赤色の煙草の炎のあいだを右往左往している。

場の設定は、どのような夜明けでも、山でも、人間でも、……一匹のカブト虫？　でもいい。


「肩にカブト虫がいるよ」とカミーロが言った。

顔色ひとつ変えずに私は答えた。

「おまえの首筋にダニがへばりついている。耳にはもうひとりの私がクモのようにぶらさがっている。ついでに、これはカブト虫ではない。フランス語……を話すオウムだ」

驚いてドゥリートは私を見た。しかし、私はひるむことなく詩を詠唱しはじめた。

私の気の毒なミューズよ、ああ、今朝、おまえに何が起きたの？
おまえの奥深く沈んだ眼には夜のまぼろしが棲みついている
そして、おまえの顔にかわるがわる広がっていくのを私は見つめる
冷たくて憂鬱な狂気とおののきが〔ボードレール『悪の華』病気のミューズ〕

そして、説得力のある声で付け加えた。

われわれは千人でも百人でもない。われわれは三人である。よく勘定しろ！

三名からなる細胞組織が結集している。自然は芸術作品の真似をするというナンセンスな話を持ちだして、ドゥリートは細胞組織の会合に参加した。

「立見席の三名の客は四名ではなかったか？」とドゥリートは私に質問した。

というのも、私が細胞組織の会合にドゥリートが参加するのに頑強に反対していたからである。私は腰をおろした。ドゥリートは自分の意見を承認するための確認をとった。

「われわれはここにいるが……。われわれは四名だが、三名である」

この日の最初の指令は、政治研究と文化活動のための細胞組織に名前をつけることだった。エトーレ・スコラに敬意を表して、われわれは「汚く、醜く、悪い奴たち」と自分たちの組織に名称をつけた。しかし、異議申し立てがあった。カミーロが言うには、汚く、醜い奴は存在するだろうが、悪い奴というのはあまりにも単純きわまりないマニ教的二元論の考え方である。カミーロは「悪い奴」を「いやらしい奴」に替えることを提案した。しかし、結局は「汚く、醜く、悪く、いやらしい奴たち」となった。批判と自己批判は、複雑なことを暴露するより、深い沈黙を生み出すものである。

しかし、雨が近いことを告げるように、今日はたくさんの蚊が飛んでいる。だから、誰も火や焚火の煙のそばから離れようとはしない。もうひとりの私はＥＺＬＮと最高政府との対話のような会合にすることを約束し、細胞組織の会合は始まった。

「もうひとりの私は自己批判します。副司令が当番だった時に、私が薪を採りに行ったせいで、副司令の腹に抱えている卵の数が増殖しています。そして副司令はカブト虫と遍歴の騎士のお話などをして、知らないふりをしています」

私は平静を保ちつつ、調停者のふりをして返答した。

「私は自己批判します。私はもうひとりの私が捨てたものをいつも拾い集めています。そのため、私はもうひとりの私の無頓着さ、怠け癖、混乱を増殖させています」

カミーロは批判も自己批判もしない。もうひとりの私とひとりの奉仕者が、自己批判を装ってお互いを批判する様子をじっと聞いて、楽しむだけである。雨が降らなかったら、こうしてわれわれはひと晩を明かしただろう。薪は濡れ、焚火は消えてしまった……。

細胞組織の書記の任命は取り止めとなった。というのも、ドゥリート、つまり小さなオウムが選挙人登録名簿を整理すべきだと異議申し立てをしたからである。

追伸——以下のことを明らかにしておきます。（四月に送ったと言われている）表紙にパブロ・ピカソの「黄色の髪の女性」という油絵の複製があるメモ帳を受け取ったことをお知らせします。最初の頁には「ソネットでも、何かほかのことにでもお使いください。お身体を大切にしてください」と書かれています。まず、私はメモ帳に「ソネットが書けるのなら、武装蜂起しなかっただろうし、身体を大切にしていたなら、ここにはいなかった。副司令署名」と書き加え、そのメモ帳を「ほかのことにでも使う」ことにしたのです。
　では、いま一度、お元気で。目が輝きを失わないなら、夜がわれわれの首を締めつけようと、さほど問題ではない？

副司令はケーキに飾られた小さなロウソクを消した。それはまだ副司令が呼吸をしていることを示すためだけだった……（くしゃみで小さなロウソクを消すのは無意味であるとドゥリートは言った。連邦検察庁の片棒を担ぐのなら、泥製のケーキだけでは無意味だと私は言い返した）。

出典—La Jornada, 1995/7/5

11　新自由主義、破局における破滅的な政治行動

淑女ならびに紳士の皆さん

副司令が不在のため、代わってドゥリートが皆さんに一筆啓上する。副司令はいちばん高い山に登り、水平線を見つめている。自分の誕生日に届く贈物はとてつもなく大量なので、メヒコ南東部の山中まで運ぶには、「すべてのキャラバン部隊のお婆さん」が必要となるだろう。こんなふうに副司令は思い込んでいる。副司令は長いトラックの列ならかなり遠くから識別できるはずだと言っている。かわいそうな奴だ！　副司令の誕生日が二月三十日であることは誰でも知っている。彼だけがそれを知らないのだから。

さて、コミュニケと私がここに捨てた一通の追伸が皆さんの手元に届くはずである。

やっと、われわれは落ち着いて息をすることができる！　政府の宣言によると、二年以内にわれわれはとっても幸福になれるそうだ。われわれがその楽園から切り離される七三〇日の間、いったい誰が抵

抗するのかを見極める必要がある。

では、お元気で。お願いだから、メヒア・バロン［サッカー・ワールドカップのメヒコチームの監督］をサンアンドレス対話の政府チームに加えないで。

メヒコ南東部の山中より

ラカンドン密林のドン・ドゥリート

追伸——どんな夜明けにも、旗のように風に吹かれ揺らめく小麦に挨拶を送りたい。

西の空では、月は二つの丘の開かれた脚のあいだに沈むにまかせている。月のほっぺたは山の頂きに横たわっている。川が自分の性器をゆさぶり、噂をあちこちばらまいている。興奮のあまりいくつかの雲は湿り気を木々に擦りつけている。東の空では、稲妻が光り地響きがする。コオロギが警告の音を徐々に大きくしているため、南の空で到来の兆しをみせる暴風に驚くのはまばらな星だけだろう。偵察用の飛行機は威嚇的な爆音を響かせ遠ざかっていく。

希望をもって煙草を吸っていた別の夜明のことである。すべてが穏やかだった。（お決まりのように）誰も招待していないが……ドゥリートの登場には絶好の機会であった。

新自由主義、破局における破滅的な政治行動

一匹のホタルコメッツキがドゥリートの肩でキラキラと輝いている。山積みにした新聞の切り抜きは、ほかの誰も演じられない人間としてもっとも高貴な職務、つまり遍歴の騎士の最高の代表者である、私の御主人、高名なるラカンドン密林のドン・ドゥリートのベッド―椅子―書き物机―事務室となっている。私は、パイプから立ち昇る煙を透かして、最後のもっとも偉大な正義漢、有名な騎士を見守り、警護している。彼の身の安全を守るため、夜も眠らず、警戒体制を維持し、何事か……に備えている。

「どうしようもない奴だ。また、あくびをしている」というドゥリートの声によって、彼によると何時間も前から続いていた私の眼のまばたきは遮られた。

「寝てはいません。考え事をしていたのです」と抗弁しながら、私は時計を見て、はじめて知った。

「もう午前三時です！　ドゥリート、まだ寝てはいけないのですか？」

「眠るだと！　おまえは眠ることしか考えていないのか！　有意義な時間を眠ることに割いていたのでは、遍歴の騎士の最高位に到達するにどれほど呼吸したらよいことやら！」

「今、私が呼吸しているのは眠るためです」と私はあくびをしながら答え、頭を枕がわりのリュックに乗せた。

「おまえは勝手にそうしてろ。アポロが金色に輝くナイフで夜の裾を切り裂くことのない時、私は、騎士が旗印と憧れとして選択する至高の尊厳にみちた御婦人に思いを馳せるだろう。唯一の、最善の、比

類なき、そして……。おい、ちゃんと聞いているか！」

こんなふうに叫んでいるドゥリートの声が聞こえた。眼を開けなくてもドゥリートの様子を知ることができたので、「むにゃ、むにゃ」と生返事をした。ドゥリートは新聞の切り抜きの山の頂きに立っているにちがいなかった。彼は右手にエクスカリブルの剣をもち、左手を胸に当て、もうひとつの右手を腰に当て、もうひとつの左手で鎧を整え、もうひとつの……、私はドゥリートに何本の腕があるのか思い出せない。しかし、身ぶり手ぶりに必要な腕はちゃんと残っているはずである。

「ものぐさな私の従者よ、なぜ眠れないのだ？」とドゥリートは尋ねたが、私を寝させまいという意図がみえみえだった。

「私が？　いえ、何にも。あなたが夜に行なう演説や研究のように……。ところで、何を研究していたのですか？」

「政府が組織した内閣のことだ」とドゥリートは書類に目を戻しながら答えた。

私はびっくりして、したくなかったこと、つまり目を開けて、聞き返した。

「内閣のことですか？」

「そうとも！　内閣のメンバーがお互いに異なる意見を言っている理由を発見したのだ。連中は、自分の都合のいいことばかりを行ない、ボスが誰かを……忘れている」

「セディージョでしょ」と答えたものの、私は会話に対する興味をなくしてしまった。

「大まちがい！　セディージョではない」とドゥリートは得意気に言った。

「ちがうのですか？」と聞き返しながら、私はリュックを手繰り寄せ、ニュースを聞こうとラジオを探した。

「辞任ですか？　それとも更迭されたのですか？」

私の突拍子もない行動を楽しむかのように、ドゥリートは言った。

「そうではない。奴ならまだいる。昨日、われわれが置き去りにしたところに」

「じゃあ、誰ですか？」とすっかり目が覚めた私は質問した。

「政府の内閣のボスは、簡便さと慎みのため、今後は『X氏』と呼ぶ人物である」

「X氏ですか？」と質問しながら、ドゥリートが探偵小説がお気に入りだったことを思い出した。

「だけど、どうして彼を発見できたのですか？」

「初歩的なことだよ、私の親愛なるワトソン君」

「ワトソンですって？」と私は口ごもるしかなかった。そして、ドゥリートが面頬つき兜として使用しているコロルテの殻を裏返すのを見ていた。すると、コロルテの殻がドゥリートの頭にラップの帽子（彼は探偵の帽子であると強調している）のように付いているのが、私の目に入ってきた。ドゥリートは極小の虫眼鏡で書類を点検していた。私は彼をよく知っていたが、そうでなければ、それがドゥリートではなく……と言っていたかもしれない。

「シャーロック・ホームズはイギリス人である。彼が私から習ったのは、表面的にはそれほど意味のない微細な事実を総合し、それをひとつの仮説にまとめ、その仮説を確認したり、反論することのできる新しい微細な事実を探しだすことである。これは、われわれがロンドンの下町でどんちゃん騒ぎをしていた時、私が弟子のシャーロック・ホームズといっしょに実践してきた演繹法の単純な実践である。私のもとでいちばんよく勉強したのだが、彼を有名にしてやると請合った例のコナン・ドイルのもとに行ってしまった。その後、彼の身に起きたことは何も知らない」

「彼なら有名になりましたよ」と私は嫌みを込めて言った。

「まさか、遍歴の騎士になったのか?」とドゥリートは興味にかられて質問した。

「ちがいます。私の親愛なるシャーロックさん。彼は小説の主人公になり、有名になったのです」

「おまえはまちがっている。私の親愛なるデカ鼻のワトソン君、有名ということばは遍歴の騎士だけに使われるのだ」

「わかりました。その話はこれまでにして、政府の閣僚と謎の『X氏』の話に戻ることにしましょう。いったい、どんな人物ですか?」

ドゥリートは新聞と雑誌の切り抜きの山を再点検しだした。

「ふーむ、ふーむ。ふーむ!」とドゥリートは唸りだした。

「何ですか? 何か見つかりましたか?」と私が尋ねたのは、最後の感嘆譜のついている『ふーむ!』の理由を知りたかったからである。

「もちろん、『バルバレラ』に出ているジェーン・フォンダの写真だ」とドゥリートは恍惚の眼差しで言った。落ち着きを失い不安なった私は、立ち上がりながら聞き返した。

「ジェーン・フォンダですって?」

「そう、おまけに『自然のままの姿』だ」とドゥリートは長いため息を吐きながら言った。

『自然のまま』のジェーン・フォンダの写真があれば、彼女を崇拝するファンなら誰でも目が覚めるはずである。私はずっと自分自身の崇拝者だったが、私は身体を起こすと、ドゥリートに切り抜きを手渡すよう頼んだ。私が彼の言うことを注意して聞くと誓うまでは、切り抜きを手渡さないとドゥリートは言った。私はそのことを約束し、何度も誓った。そうせざるをえなかったのである。

「よろしい、注意して聞くのだ！」とドゥリートは、パイプをくわえるのと同じぐらいの力を入れて言った。何本もある手のひとつを腰の後におき、まっすぐ行ったり来たりしながら、ドゥリートは話しはじめた。

「われわれがとある国にいると仮定しよう。その国の名称は終わりから三番目の音節にアクセントがある。偶然にも棒と不鮮明な星の帝国［アメリカ合州国］の下に位置している。ただし、私が『下』と言うのは、私が『下』と言いたいからである。この国を恐ろしい災厄が襲っていると仮定しよう。エボラ熱？　それともエイズ？　コレラ？　どれもちがう！　それら以上に致命的でとても破壊力のある……災厄である。それは新自由主義である！　さて、この災厄については以前にもおまえに話したことがあるので、繰りかえさない。

　さて、次に「政治ジュニア」の若い世代がこの国を『救済』する方法を国外で勉強していたと仮定しよう。救済する方法として思いついた唯一の形式は、自分の国の歴史を忘れ、人間としての野蛮さや愚かさを備えた高速の列車、つまり資本主義の尻尾にしがみつくことであった。

　そして、祖国というものをもたないこれらの生徒たちのノートを手に入れたと仮定しよう。ノートには何が書いてあったか？　何も書いてなかった！　まったく、何ひとつ書かれていなかった！　できの悪い生徒だというのか？　けっしてそうではない！　彼らはできのよい機敏な学生である。しかし、彼

らは専攻した各教科でたったひとつの教えしか習得しなかった。そのことが判明したのである。その教えとは、『おまえがすることをおまえはよく知っているように見せかけよ』という、まったく同じ内容のものであった。『これが新自由主義における権力政治に関する基本定理である』と先生は生徒たちに言ってきた。『センセーイ、新自由主義っていったい何ですか?』と生徒たちは質問した。しかし、先生は答えなかった。しかし、先生の困惑した顔つき、赤く充血した眼、唇の隅から垂れているよだれ、はっきりと擦り切れている右の靴底から判断して、先生は生徒たちにあえて真実を言おうとしなかったのではないかと、私は推論している。そして、すでに私が発見したように、新自由主義は経済の混乱に関する混乱した理論、社会の馬鹿さ加減に関する馬鹿げた賞賛、大破局の破滅的な政治的行動であるというのが真実である」

ドゥリートがパイプに火をつけるために話をやめたので、私は質問をすることにした。

「では、こうしたことすべてが、先生の顔、よだれ、眼、靴底に原因があることをあなたはどのように演繹されたのですか?」

しかし、ドゥリートは質問を聞いていなかった。彼の眼は輝いていた。それがマッチのせいかどうか、私にはわからなかった。そして、続けてこう言った。

「さて、続けよう。前述の生徒たちは自分の国に帰り、先生だけが残った。生徒たちは誰にも理解できないメシア的なメッセージをもって帰った。それを解読できた尊敬に値する人物のみが、戦利品、つまり権力を独占できるのである。尊敬に値する人物とともに、彼らは習得した唯一の教えを適用しはじめた。それは『おまえがすることをおまえはよく知っているように見せかけよ』という教えである。そのように見せかけるために、生徒たちはマスコミから支援を受けている。彼らは、すべてが完全に機能しているという仮想現実を構築するというきわめて洗練された高水準のシミュレーションを実行できた。しかし、もうひとつの『別の』現実、実際の現実は独自に展開していたので、何らかの措置をとらねばならなかった。そこで、彼らは自分の身のまわりで起きることになることを実行しはじめたのである。ある日はこちら側、翌日はむこう側。そして……」

ドゥリートは話すのをやめ、パイプを点検すると、黙って私を見つめた。

「それで、どうしたのですか?」と私は急き立てた。

「それで……煙草がなくなった。もう煙草はないか?」というのがドゥリートの返事だった。私は戦略上の備蓄がなくなりそうだとドゥリートに知らせるため、ゆっくりするつもりはなかった。手にもっていた小さな袋を彼に渡した。ドゥリートはパイプに煙草を詰め火をつけると、また話を続けた。

「そこで、実際の現実に対して知らない振りをするという事態が起きた。つまり、嘘とシミュレーションででっちあげられた仮想現実が『実際の』現実であると信じはじめたのである。しかし、この精神分裂だけが問題ではない。それぞれの生徒が独自に仮想現実を作りだし、その仮想現実に基づいて生活するようになった。こうして、生徒はお互いに矛盾する措置をとりだした」

「もう説明は十分です。もう、厚かましい……と言いたいところです」

しかし、ドゥリートは話をやめず、説明を続けた。

「しかし、この政府のまったくの首尾一貫性のなさに一貫性を与えているものが存在している。私は多岐にわたる証拠を分析してきた。私は内閣の発表したすべての声明を読み、政府の全事業と手抜きを分類し、内閣の政治史を比較検討し、内閣の些末な議事録まで手に入れ、ついにとてつもなく重要な結論に到達した」

ドゥリートは話をやめ、もったいぶったふりをしながら、中断を長く伸ばした。それは私の質問を促すためだった。

「ところで、どのような結論ですか?」

「私の親愛なるワトソン君、きわめて基本的なことだ! 内閣に見えない人物が存在しているのだ。その人物は、自分の姿を明らかにしないで、内閣チームのロバの鳴き声に一貫性と体系性を与えている。そのひとりの統領の指令のもとで、全員が動いている。セディージョもそのひとりである。つまり『X氏』が問題……となっている国の政治を本当に指揮している人物である」

「だけど、その謎の『X氏』とは誰のことですか?」と私は質問した。

もし……だったらと考えると、私の身体が震えだすのを隠せなかった。

「サリナスですか?」

「もっと、ひどい……」とドゥリートは書類を片付けながら言った。

「サリナスよりひどい奴ですか? そんな奴は誰ですか?」

「いや、『奴』ではなく、『彼女』だ」とドゥリートはパイプを吸いながら言った。

「『彼女』ですか?」

「そのとおり。名前は『お馬鹿さん』、そして姓は『思いつき』だ。いいか、私が『お馬鹿さんの思いつき』と言ったことをちゃんとメモするのだ。私の親愛なるワトソン君、知的な思いつきがあることも知っておくべきである。しかし、今はそんなことを言っている場合ではない。『X氏』とは、政治における新自由主義のお馬鹿さんの思いつき、政治的教義としての新自由主義、つまり、この国や……ほかの国、たとえばアルゼンチンやペルー……の運命を管理しているお馬鹿さんの思いつきのことである」

「それじゃ、メネムやフジモリも……同じであることを示唆しているのですか?」

「示唆しているのではない。確認しているのだ。アルゼンチンやペルーの労働者に質問してみればよい。エリツィンを分析している時に、煙草がなくなったのだ」

「エリツィンですって? だけど、われわれが分析していたのはメヒコ政府の閣僚ではなかったですか?」

「ちがう、メヒコの閣僚だけではない。私の親愛なるワトソン君、ちゃんと知っておきなさい。新自由主義とは人類全体を困らせている災厄なのだ。エイズと同じようなものである。メヒコの政治システムがどうしようもないほどの魅力的な愚かさを有していることは自明の理である。しかし、世界を荒廃させているこれらの政府には、共通するものがある。つまり、彼らの成功はひとつの嘘に基礎をおいている。だから、連中の基礎はおまえが座っている長椅子と同じぐらい頑丈である」

私は反射的に立ち上がり、自分たちが作った木の幹とツルでできた長椅子を点検した。それが頑丈でしっかりしているのを確認し、ひとまず安心し、私はドゥリートに言った。

「しかし、私の親愛なるシャーロックさま。悪漢どもは際限なく嘘をつき、この偽りの基礎はしっかり維持され、成功しつづけています。われわれは前からそう想定しています」

ドゥリートは私に発言を続けさせず、次のことばで私を遮った。

「それは不可能である！　新自由主義の基礎とは矛盾そのものだ。それを維持しようとすれば、自らを貪り食う、つまり破壊しなければならない。そこで、政治的暗殺、机の下での殴りあい、あらゆるレベルにおける官僚の言行不一致、『利害団体』の内部対立が起きる。そのせいで、株式の仲買人は……眠れなくなる」

「連中は眠れなくなっています。だけど、彼らはそれに慣れっこだと思います。なぜなら株価は高騰しているのですから」と私は疑り深く言った。

「バブルだよ。すぐに破裂するさ。私の言うことを覚えておけ」とドゥリートは言った。彼は何もかもお見通しであるという感じで笑いながら、続けて言った。

「システムを支えているものがシステムを崩すことになる。そんなことは基本的なことである。それを理解するには、G・K・チェスタートンの『三人の黙示録の騎手』を読めば十分である。それは探偵小説だが、誰もが知っているように、結局のところ、自然は芸術を模倣するのだ」

「あなたの理論はまったくの絵空事……と思われるのですが」

しかし、私は最後までは言えなかった。私が木の幹できた長椅子に座ろうとしたが、尻もちをついてしまい、私の骨格をたたく鈍い音がした。さほど露骨でない悪態のことばを吐いている私を見ながら、ドゥリートは地上へと降りたった。ドゥリートは呼吸困難に陥ったように笑った。少し落ち着くと、彼は言った。

「私の理論がまったくの絵空事だと言いたかったのか？　いいか、おまえのような低い水準でも評価できるように、自然は私の意見を支持している。歴史と人民も、両手にムレータをもったままのパセでおまえと少しは遊んでくれるだろう」

演説を終えると、ドゥリートは新聞記事の切り抜きの山に寄りかかった。私は立ちあがる気にはなれなかった。リュックをたぐり寄せると、再び横になった。われわれは沈黙した。東の方向では、蜜と小麦の色をした明るい光が山の股から湧き出ている。その様子を眺めていた。われわれは深く息を吸い込んだ。われわれはほかに……何ができるのだろう。

では、お元気で。歴史も人民もそれほど遅れはしないだろう。

副司令は背中に快い痛みを感じている。

出典—La Jornada, 1995/7/20

12 お話つきのドン・ドゥリートの手紙

一九九五年八月二十七日

イタリア・ブレスカに集まったメヒコ・チアパスと連帯する男女へ
世界の人民へ

仲間の皆さん

遍歴の騎士、悪を懲らしめる正義漢、女性の気をうつろにする憧れの的、殿方の羨望の的、かくも巨大にして私心のない偉業によって人類の地位を高めてきた最後のもっとも偉大な模範、カブト虫にして、月の戦士であるラカンドン密林のドン・ドゥリートが、皆さんに一筆啓上する。

突然の軍事介入、経済プログラム、資本の逃避の場合を除いて、今日の外交文書に求められている形式をすべてそなえた書面で、皆さん方に挨拶をするように、私は皆さんが「副司令マルコス」と呼んでいる私の忠実なる従者に命令したところである。だが、皆さんの精神が偉大になり、皆さんの心をすばらしく高貴な思考で満たすのに役立てばという控えめな目的で、私も個人として皆さんに何か文章を書こうと思っていた。

そこで、さまざまな含蓄のある教訓でいっぱいのお話を皆さんに送ることにした。その物語は『息苦しい夜のための物語』（近日中に発行されるかどうかは不明）に収録されるだろう。その題は……

ネズミと猫の物語

昔々、たいそう腹をすかしたネズミがいた。そのネズミはある家の台所にあるチーズをひと切れほど食べたいなと思った。そこで、チーズをとってくるため、ネズミは思いきって台所へと向かった。しかし、一匹の猫がネズミの前に立ちはだかった。ネズミはとてもびっくりして、走って逃げだした。もう、台所に行って、チーズを手にすることはできない。そこで、ネズミは、どうしたら台所に行き、チーズを手に入れることができるかを考えた。ずいぶん考えたすえ、ネズミはつぶやいた。

「わかったぞ。ミルクをいれた皿をおけばいい。そうすれば、猫はミルクが大好きなので、きっとミルクを飲みに行くだろう。しかも、ミルクを飲んでいるうちは、猫も気づかないだろう。そのすきに台所に行き、チーズを手に入れて、食べるとしよう。うん、これはとってもいい考えだ」

そこで、ネズミはミルクを探しに出かけた。しかし、ミルクは台所にあることがわかった。こうしてネズミは台所へと出かけたが、またもや猫がネズミの前に立ちはだかった。ネズミはとても驚き、逃げだした。もう、ミルクを取りに行くことはできなくなった。そこで、ネズミは、どうしたら台所に行き、ミルクを手に入れることができるかを考えた。ずいぶん考えたすえ、ネズミはつぶやいた。

「わかった。お魚をずっと遠くに放ることにしよう。猫はお魚が大好きなので、きっとお魚を食べにそこまで行くだろう。しかも、お魚を食べているうちは、猫は気づかないだろう。そのすきに台所に行き、皿にいれるミルクを手に入れることにしよう。ミルクを飲んでいる最中だから、猫は気づかないだろう。そこで、台所に出かけ、チーズを手に入れ、食べるとしよう。うん、これはとってもいい考えだ」

そこで、ネズミはお魚を探しに出かけた。しかし、お魚は台所にあることがわかった。こうしてネズミは台所へと出かけたが、またもや猫がネズミの前に立ちはだかった。ネズミはとても驚き、逃げだした。もう、お魚を取りに行くことはできなくなった。

欲しかったチーズ、ミルク、お魚のどれもが台所にある。しかし、猫が邪魔をしているため、台所には近づけない。そのことにやっとネズミは気づいたのである。

「もう、たくさんだ！」と叫ぶと、ネズミは機関銃を取り出し、猫に弾を浴びせた。そして台所に入った。しかし、お魚、ミルク、チーズのどれも腐っており、食べられなかった。そこで、ネズミは猫がいたところに引き返し、その猫を切り刻み、焼肉にした。そして、ネズミは、雄も雌もすべての友達を招待して、パーティを開いた。焼肉にした猫を食べ、歌を歌い、踊り、とても幸せに暮らした。

そして、……お話は始まる。

これがお話の結末であり、この手紙の終わりでもある。皆さん、忘れてはいけない。「密輸」という犯罪を分類し、戦争に意味を与える時だけ、国と国との分断は役立っている。少なくとも二つのものが国境を越える形で存在していることは明白である。ひとつは犯罪である。それは近代を標榜しながら世界中に悲惨さを振りまいている。もうひとつは希望である。希望とは、恥ずかしさとは踊りのステップをまちがった時だけ感じればよく、鏡を見るたびに感じるべきものではない。最初の犯罪に終止符を打ち、二番目の希望を繁栄させる方法は、ただひとつである。戦うこと、より良い存在になることである。それ以外のことはそれに付随してくる。そのたぐいのものは図書館や博物館にいくらでもある。世界を征服することは必要ない。世界を……新しいものにすればよい。

では、お元気で。愛にとってベッドは口実であり、踊りにとって曲は飾りものであり、戦いにとって国籍はたんなる偶然の要件である。そのことを知ってほしい。

メヒコ南東部の山中より

ラカンドン密林のドン・ドゥリート

追伸――この書面を長々と書けなかったことを許してほしい。

この冬にヨーロッパに侵攻するには、遠征を急がねばならないことが判明した。皆さん、来る一月一日に上陸というのはどうだろう?

出典―La Jornada, 1995/9/4

13

木と法律違反者と歯科学について

メヒコ市、カルロス・モンシバイス様

先生へ

ご挨拶とともに、『混沌の儀式』を拝受したことをお知らせします。最高政府がサンアンドレスの対話と呼んでいる袋小路のなかで、御高著にさっと目を通しました。

それでは、お元気で。アリスを追い掛け、赤の女王様に出会えるかどうか、そして追伸の末尾にある謎々が解けるか。試してみてください。

反乱副司令官マルコス

メヒコ南東部の山中にて

一九九五年秋、メヒコ

追伸——遅れましたが、この無秩序な書簡の大事なモチーフを思い出してください。とりあえず題をつけておきます。

ミガカ　ト　トーリゥド（政治、歯科学、そしてモラル）

「その瞬間、私は黙示録的世界をまざまざと見ていた。そして、最後の審判に対する聖なる恐怖は悪魔的な直観に根ざしていることを理解した。誰もそのことを正視する気にはならないだろう。私はその野獣をちらっと横目で見た。それは七つの頭、十本の角を持ち、その角は十個の王冠で飾られていた。そして、七つの頭の上には冒瀆的な名前が掲げられていた。人々はその野獣を見て拍手喝采し、写真やビデオを撮る者や、野獣が発する独占的な声明を録音する者もいた。やがて漠然としていた痛みを急にはっきりと自覚し、私は消え入る意識のなか、とてつもない悪夢は、われわれを完全に排除することに気づいた」（カルロス・モンシバイス、『混沌の儀礼』二五〇頁）

点は二枚の鏡を結びつける蝶番である。混沌の時代を飛び越える翼のように、二枚の鏡はお互い向きあって広がっている。蝶番、それは点である。

自分のスーツケースの中身を広げながら、ドゥリートは「二五〇頁を開けてくれ」と言った。
私はぶつぶつつぶやきながら、急いで頁をめくった。
「二五〇頁ですね……ええっと……ああ、ここです」と私は満足そうに言った。

「あるいは、われわれを瞬時に呑み込んでしまう」と補足しようと私は考えていた。

その時、ドゥリートは自分の小さなピアノに登ろうとしていた。ピアノはそれより小さい書斎机の上にあった。それは、歴史においても、自然界においても、小さなものが大きなものを支えていることを私に教え込もうとしているようだった。しかし、議論はピアノのかたわらに落ちてしまった。ドゥリートは華麗な身のこなしを披露したものの、ピアノと書斎机を自分の甲羅に乗せたままで転がり落ちてしまった。本の該当箇所を読み終えたので、私はパイプ、煙草、それからドゥリート（本当にこの順番で）を探した。自分の身に降りかかった大惨事から逃れる気はドゥリートには毛頭もなかった。立ち昇ってきた小さな煙の筋はふたつのことを物語っていた。つまり、私の煙草がそこにあることと、ドゥリートが生きていることとである。

パイプに火をつけると、私の記憶が甦ってきた。テクストに書いてあった何かが私の意識を数年前へと遡らせた。それは甘美で素朴な時代だった。食べることだけを心配すればよかった。本は少なかったが、どれもがよい本だった。繰り返し読むうちに、一冊の本のなかに別の本を発見することもあった。そんなことを思い出したのは、ドゥリートがこの贈呈本を持ってきて二五〇頁を指差しながら、何かを言おうとしていたからだ。

というのも、ほかに話すべき重要なことはいくらでもあったはずである。たとえば、本は頁（葉）でできており、その葉は数本の枝や根といっしょになって木となり、さらには灌木林を形成している。誰もが知っているように、当たり前のことだが、昼に何もすることがない夜を隠すのに木は役立っている。夜はその丸味を帯びた姿や枝や葉で覆い隠している。それは女性がしっとりと潤んだ咽せ返るような抱擁に身体を委ねている様子と同じである。木はこのような官能的な使命を帯びているが、別のことをする時間も与えられている。たとえば、哺乳動物、卵生動物、節足動物、終わりから三つ目の音節にアクセントのあるほかの動物種〔スペイン語で動物分類語の大部分は終わりから第三音節にアクセントがある〕に属する数多くの生物の住みかとなっている。こどもを育てていることを示すためだけに利用するものもいる。時として、木は覆面をした者の住みかにもなる。もちろん、それは犯罪者や法律違反者を指している。疑う余地もないことだが、顔を隠していること、木を住みかとする事実は、彼がお尋ね者であることを示している。この種の人々は、夜と共生し、昼は木のなかに隠れている。それゆえ、彼らの情熱や熱意は木の枝を慈しむことに注がれる。また、たしかに木にはカブト虫が休息していることもある。そのカブト虫とは……


「ライター、もってる？」と不意にドゥリートが話しかけてきた。

　その時はじめて私は気がついたのだが、ドゥリートは頭の上にピアノと机を乗せたモダンな感じの彫像のいちばん下にいた。

「彫像に『煙草を吸うカブト虫にのしかかる混沌』とでも題をつけなければ」と私は彼にライターを投げながら言った。

「私を揶揄しようとも、腹は立たない。おまえの無知をさらすだけである。開かれた作品に関するウンベルト・エーコの著作を読んでないようだな。この見事な彫像は、現代芸術、革命的芸術の最良の見本である。つまり、芸術家が作品の一部になるぐらい、その作品に深く関わっていることを示す見本である」

「では、どんな題をつけるのですか?」

「これから説明してやる。尊敬に値すべき名前がつくべきだ。ということで、『開かれた作品』だ。親愛なるワトソン君、おまえも知っているように、開かれた作品は、完成品ではなく、芸術品の市場で流通し消費されるなかで『完成』する。わかりきったことだがね。だから、作品を鑑賞する人は、単なる鑑賞者の立場に甘んじることなく、芸術作品の『共同制作者』となる。たとえば、セディージョはこの作品に『政権に関する私の計画』という題をつけ、ロス・ピノスの官邸に飾るだろう。サリナス・デ・ゴルタリは『わが政治・経済の遺産』と名づけ、アルモローヤ［トルーカ近郊にある重要犯を収監する刑務所］に飾るかもしれない。新自由主義の信奉者なら『世界の新秩序に関する私たちの提案』という題をつけるだろう」

「ところで、おまえならどんな題にする?」とドゥリートは私に尋ねた。

批評家の目付きで作品を眺めながら、私は答えた。

「『小さなピアノと机の下敷きになったカブト虫』ですかね」

「だめだ。説明的すぎる」とドゥリートは文句を言った。


こんなふうに話しあいながら、いつもどおり夜の儀式は時間をかけてゆっくりと終わっていた。飛行機の音、パイプの煙、孤独、コオロギの密やかな騒めき、ぽつぽつとあちこちで点滅する蛍の光、そして空には金箔の糸のように連なっている天の川の星。たぶん、雨が降っているのだろう。ここ数ヵ月間ずっと雨が降ったりやんだりで、月日は進む方向を見失い、相次いで起きる事件に翻弄され、落ち着く場所も見つかっていない。

ドゥリートは本の作者は何という名前か、と尋ねた。

「モンシバイスです」と私は答えた。

「ああ、カルロスか！」とドゥリートが親しみを込めて言ったので、私は驚いた。

そして、知りあいですかと尋ねた。

「もちろん。年代記はわれわれがともに携わってきたジャンルだ。……だが、おまえは手紙を書きつづけろ。私はほかにすべき仕事がたくさんある」とドゥリートは答えた。


私は機が熟すのを待っていた。というのは、手紙を書こうとした時、私はふと思い出したのである。あなた―君に手紙を書くにあたり、君とあなたのどちらの人称を用いるのか。そのジレンマがまだ解決していなかった。ドゥリートは世界に関する彼独自の概念の公理やバックボーンを主張している。自分の身体が裏向きにならないようにする問題ほど深刻で重大なものはないという公理である。だから、この哲学的考察を踏まえ、ジレンマの解決はとりあえず棚上げにしておきたい。そして、君からあなたへと徐々に振り子のように変えることにしよう。そんなふうに私は以前に決めたことがある。

そして、私はどうするかを決めた。毅然と私はパイプをくわえた。自分こそ・民衆の・意思を・代弁するという・偶然を・もたらした・事態とは・どのようなものかと・見つめている民衆の・意向を・擁護する・ために・あらゆる・手筈を・整えている・メヒコ・南東部の・知事のような・目つきを私はしていた。こうして、君（あなた）に手紙を書くという困難な仕事にとりかかった。

私の顔つきは醜悪だったにちがいない。その証人がいなくて残念だ（ドゥリートは目下展示中の倒壊物の下でいびきをかいていた）。残念なことに、私は『鏡――昼の夜と月のガラスのなかのメヒコ』とかいう題の書き物に鏡を全部放り込んでしまっていた。えっ？ そんな題ではなかった「正しい題は、『メヒコ：夜の鏡と昼のガラスとのあいだの月』」？

かまわない、たいした問題ではない。問題は、私の目つきが正常かどうか確認するため、今すぐ鏡がいることだ。錯乱し異様に輝く目つきではいい考えも流産してしまう。

何だって？ 自殺点だって？ なぜ？ 「流産する」と言ったことが？ いや、それはない！ 最良の理念はけっして言葉では表現できない。そのことに関して、あなた（君）も同意できるはずだ。この種の理念は言葉の牢獄に入ると同時に物質化されてしまう。つまり文字になり、言葉になり、文章になり、段落になり、頁になり……君がぼんやりしているうちに、本にまでなる。そして、君の手から離れていってしまう。バラバラにされた理念は測定可能になり、計量し、計測し、ほかのものと比較できるようになる。そうなると、理念はひとり歩きし、いかなる命令にも従わなくなり、結局は限りなくつまらないものになる。

「遂行されない命令」は君（あなた）にとって現実味を持たない。それは私もよく知っている。しかし、奉仕者たる兵士にとっては、奥歯の虫歯のように激しい痛みを伴うものだ。大学院で勉強した者なら誰でも知っているように、奥歯とは歯科医に仕事を与え、歯磨き粉の製造業を栄えさせ、さらに歯科学という恥ずべき拷問者の職業を成り立たせるために並んでいる小さな骨の列である。「歯科学」という言葉も、言語化され、測定、分類される理念の一例である。この単語は十一文字で成り立ち、二重母音を避けるため弱母音の上にアクセントがある。そのため、診察室を出た後で支払う治療費と同じくらい重苦しい。

「まったくその通りだ」とドゥリートは言った。

ドゥリートに急に口をはさまれた私は「何と言ったのですか?」と聞き返すのがやっとだった。

「間違いない。今回の協議システム〔一九九五年八月に実施された六項目に関する全国協議〕はカブト虫を排除しようとしている」と彼は続けた。ふと見ると、彼は居眠りをしてはいなかった。彼を押し潰している混沌の下敷きになったまま、書類の点検を続けている。

「この協議システムはわれわれカブト虫を締めだしている。これは人種差別やアパルトヘイトと同じたぐいのものだ。然るべき国際組織に訴えてやる」

ドゥリートに説明しようとしても無駄だった。彼は「七番目の質問」が欠落していると言い張っている。その七番目の質問の内容はおおよそ次のとおりである。

遍歴の騎士が全国職業登録に記載されるべきであると思いますか?

私は民族民主会議と市民連盟宛てに控えめながらも示唆に富むいくつかの追伸を送ったが、誰も見向いてくれなかったと、私はドゥリートに説明した。

「この質問を載せないとは、納得がいかない。美的センスの問題だ。六項目の質問なんか、誰も答える気がしない。偶数なんて醜悪だ。だが、奇数には非対称の美しさがある。デカ鼻をした私の従者よ、とても非対称の風貌をしている貴殿が、こんなことに気づかなかったとは、まったく理解できない」

私はむっとして黙り込んだ。北の方から大音響が聞こえてくる。山と空との境界を曖昧にしていた闇のカーテンを稲妻が切り裂いた。

私の機嫌をとろうと、ドゥリートは彼の左足の太い指に特別診察室があるとかなんとか（現代彫刻の下から話していたので、よく聞き取れなかった）と私に説明した。ドゥリートは私がこの書簡のテーマに集中すべきことを暗に示唆したのである。私は彼に感謝せざるをえなかった。書簡のテーマは、「政党と倫理」、「政治とモラル」、「新左翼、新しいモラルと新政策」、あるいは「われわれは誰でもプリジョーネ［当時のメヒコ駐在ローマ法王庁大使］である」とか、または……。

たった今も、君に黙示録のことを忘れさせるようなひと筋の稲妻が駆けめぐった。ドゥリートは、高位聖職者のことに首を突っ込むから、私はこんな目に遭うのだと言っている。法王庁大使の問題に首を突っ込んでいるのではなく、この文章に最適の題を探しているのですと私は答えた。どこかの大使が真似したがるような題を……。どんな題だって？『美しき嘘と失われた大義』というのはどうでしょう？それを聞いたドゥリートは、「おまえは理性を失っているようだ。もうひと眠りしたほうがよさそうだ。私を瓦礫から救出するため、市民社会が到着したら、起こしてほしい」と私に言った。

その時、やっと私は手紙を書くために必要なもの全部が揃っていることに気づいた。表題、登場人物（諸政党、大使、法王庁大使、政治的亡霊、市民社会）、そして私が少しばかりデカすぎる鼻を突っ込むことになった論争（モラルと政治の関係など）である。あと必要なのは、この原稿を書くに値するテーマ、郵便切手、この「美しい」お話の引受人を務めてもらうように週刊『ラ・ホルナーダ』編集長ファン・ビジョロに依頼すること、そして一年前の民族民主会議の前に行なっていた楽しい文通を再開する口実である。あなた（君）は覚えていますか？

もう一人の私が近づいてきて、さらに議論を展開するつもりなら、真剣にやったほうがいいと忠告した。なぜなら、マキアヴェリ信奉者や法王庁大使を相手にふざけている余裕はないからだという。「私の言うことが信じられないなら、カスティージョ・ペレサ［当時のPAN党首］に聞けばいい。彼の政治倫理はユカタン州で力を持っているから」ともう一人の私は言い放ち、フリホール豆畑を見回りに出かけた。

論争はどれもこれも悪夢のようなものだ。それは論客だけでなく、読者の皆さんにとっても同じである。だから私は論争に意味があるとは思っていない。とくに、一九九三年の十二月に、サリナス派のある知識人（名前は忘れたけれど）が、すべてのビー玉を手中に収めたサリナスにとって一九九四年は大成功の年となると予言していたことを思い出したりすると、なおさらである。

しかし、いつまでも観客ではいられない。仲間を集めなければならないと私は思うようになった。そして、どの党派にも属さない人と仲間になり、ドゥリートと協力して、「ウェーブ」を起こした。そこらにある並みの「ウェーブ」でないことを誰も信じてはくれない。ドゥリートの何本もの手足を使って起こしたウェーブは、コパ・アメリカーナでペナルティの裁定に抗議するメヒコびいきの観客が起こしたウェーブぐらい大規模だった。

でも、当のドゥリートは今頃ブリジット・バルドーの夢でも見ているに違いない。最後の嘆きのように思われる寝息をたてている。彼を頼りにできないとなると、議論に専念するしかない。この議論でいちばん重要なのは、モラルと政治の関係、さらにモラルと政党の関係、そして政治と権力との関係である。

　しかし、議論はそれをはるかに越えた場で展開する。モラルと政治の関係に関する問題は、政治と「成功」の関係、政治と「効率」の関係という問題によって隠され（隅に追いやられ）ている。政治において「最優先される」モラルは「効率性」であり、その効率性は権力の分け前、要するに権力への接近によって左右されるという論理のなかで、マキアヴェリは息を吹き返している。ここから、マキアヴェリ独特のレトリックの曲芸によって、民主的な変化とは野党による政権担当であるという定義まで一足飛びしてしまう。国民行動党はこの政治的「成功」や政治に関するモラルの見本だと言われている。

　しかし、いったん承認されると、それは微妙に変化していく。集積された権力は、多様な社会に内在する対立を抑え込むために利用される。本来、権力は社会そのものを守るために行使されるべきものであるのに！

　さて、政治における「効率」を計測するためのこの新しい基準は、ひとまず棚上げすることにして、本題へと戻ることにしたい。知事、自治体の首長、国会における議席の数で政治の「成功」や「効率」の度合いを測定する人たちと議論するためではない。現政権のチーム、要するにカルロス・サリナス・デ・ゴルタリのチームにも数多くの信奉者がいるという「成功」の意味を今一度指摘するためである。

　政治における「成功」は効率にもとづいて評価されるべきだろうか？　効率が高ければ高いほど、政治は成功しているといえるのか？　それならば、カルロス・サリナス・デ・ゴルタリの記念碑は建立されるべきである。彼が、ホセ・フランシスコ・ルイス・マシューやルイス・ドナルド・コロシオという要人暗殺に加担した疑いで調査されることはない。仮想現実のなかでこの国全体が生きていた時代なら、彼の政治は効率的であった。当然ながら、その仮想現実は実在する現実によって打ち砕かれてしまった。人々は通信メディアを通じて、現実に関する知識を得ていたのである。「大成功だ」、疑うなかれ。カルロス・サリナス・デ・ゴルタリによる政治や経済の「効率」は、国民行動党や現在は後ろ盾を失っている知識人によって、拍手喝采を受けていた。彼らだけではない。大企業経営者や高位聖職者は今になって騙されたとこぼしている。しかし、当時は「すべてのビー玉を手中に収めた」ことをいっしょに喜んでいた。現在では、もっとも貧しい人だけでなく、あらゆるメヒコ人が、サリナス一派の「成功」が引き起こした災厄にさらされている。

結局、メヒコにおける「政治の効率」は六年以上持続しないのだろうか。時には六年以下のこともある。エルネスト・セディージョ政権は、写真なしのカレンダーと同じ程度しか持続しない「成功」の格好の見本である。

提起されたもうひとつの問題、権力の分け前に関する問題は、民主的な変化の効率は政権交替によって評価できるという指摘だった。しかし、政権交代は民主的変化とか、その「効率」と同義語ではない。むしろ、場当たり的な方便とか、いずれ起きる離反と同義語である。バハ・カリフォルニア州、ハリスコ州、チワワ州で国民行動党が進めている政策は、政治の「別の」形態といえる代物ではない。スカートの長さ（グァダラハラ市）、身体の露出の度合い（モンテレイ市）を規定しようとするきわめて権威主義的なものである。

政権交替は付随的な問題でしかない。たぶんその問題は、ちょっとしたはずみで、トマス・セゴビア先生〔スペイン生まれの詩人、メヒコ亡命後、UNAMなどで教鞭を執る〕とマティアス・ベゴソという男との論争にまで進展したのだろう。

「よろしい。二大政党制にもとづく政府という理念は、権力交替という立場と密接に結びついている。それは、おそらく二大政党制というものが、政権交替の唯一の本質的な表現形態であるためではない。少なくとも、今のところは、『イデオロギー的』でない『技術官僚的』政府のもっとも明白で具体的な表現形態であるからである（おそらく一番重要なことではないが）。まず最初にこう言っておくべきである。そのような立場はイデオロギーの存続を立証するものであり、絶対にイデオロギーの終焉を立証するものではない。『イデオロギー的』政府よりも『技術的官僚的』政府が優れているという思い込みは、ひとつのイデオロギーである。つまり、それは現実のイメージを条件づけ、歪曲する信条でしかない。それは、『実証的』事実が『形而上学的』事実よりも優れているという確信が、形而上学的な確信でしかないのと同じである」

（お節介かもしれないが、ここで話題になっているのは、もちろん「三大政党制」なのだが、問題に変わりはない）トマス・セゴビアは次のように続けているる。

「友人として君に忠告しよう。新自由主義を擁護することも、ひとつのイデオロギーである。それ以上の何ものでもないことを君は覚えておくべきだ。それがまさにイデオロギーに潜む一番厄介な罠である。そのことに君は気づかないのか？『ほかの連中はイデオロギー的だ。だが、私は正気だ』と言うことほど、イデオロギー的なことはない」

今、ここで、私の立場を強化するため、マティアス・ベゴソに対するトマス・セゴビア先生の議論をさらに引用することもできる。しかし、そのためにトマス・セゴビアの権威に頼るつもりはない。私は彼らの議論にある別の問題に気づいたのである。それは、不道徳性（「反道徳性」とでも言うべきか?）という道徳の問題である。必要な変更を加えると、脱イデオロギーというイデオロギーの問題いうことになる。これでやっと知識の問題、ならびに知識を生み出し分配する知識人の問題に移ることができる。ある種の知識人がたどる過程はお決まりのものである。権力に対する批判から権力側からの批判へと転向する。

知識人がサリナスと協力することを通じて、知識は権力に奉仕するためにあることが実証された。サリナスに理論的基盤を与えるため、彼らは協働したのである。どんなに方向転換をしても、その論理はいつも同じ結論に到達した。つまり、権力は事実の分析を誤ることはない。誤りがあるなら、問題は権力ではなく、現実にある。

そのことはたしかに悲惨だが、避けがたい真実である。権力はその周辺に「優秀な」知識人グループを集め、権力（権力の鏡に映し出されるイメージが、ＰＲＩであれ、ＰＡＮであれ）の未来の基盤強化をあらかじめ理論化できるアナリストの一団を養成してきた。

いまや、マキアヴェリは、今後行なわれる弾圧に理論的・イデオロギー的基盤を与えることを模索している一部の知識人集団（ポルフィリオ・ディアスの孫や『ラス・カニェリアスの反乱』［一九九五年に内務省資料に依拠して『渓谷部の反乱』を刊行したカルロス・テージョ・ディアスを当て擦った表現と思われる」はこの系列に含まれる）の先頭に立つ存在である。それこそ知識人エリートが果たす主要な役割である。彼らの貢献は、馬鹿げた制度の正当化から、今後生じる愚かしい事態の理論化にまで及んでいる。言うまでもなく、彼らは権力に組み込まれた新しいタイプの知識人である。彼らは権力のむこう側まで見渡している。彼らは、新自由主義に組み込まれた知識人がなりたがるもののイメージを代表している。大学の職など捨てるだろう……

　私は書くのをやめ、パイプに煙草を詰め、仰向けになった。今、灰色のもやが新しい暗幕となり重々しい夜の暗幕に覆いかぶさっている。ドゥリートの「開かれた作品」の下から物音が聞こえてくる。彼が寝ずに作業を続けている証拠である。机から飛び出した引出しとピアノの鍵盤のあいだから、ひと筋の煙が小さな柱となって昇っている。彫像の一部となりそうなこのなぐり書きの書簡の下のどこかで、ドゥリートは読むか書くかしている。

　焚き火の中で繰り広げられていた多彩色の炎の踊りも消え、しだいに黒色になっていった。山中では物音や色は絶えず変化する。朝が昼へ、昼が夜へ、夜が朝へ……と移り変わることは不可避である。そのことについていったい何が言えるだろうか。

　さて、書くことに戻らねばならない。マキアヴェッリは再び脚光を浴びるようになった。しかし、指導者としてではなく、厚かましさを知性で覆い隠すための優美な衣装としてである。いまは「政治の効率」という倫理が存在する。それは「成果」（要するに権力の分け前）を得るために必要となる様々な措置を正当化するための倫理である。この政治的倫理は、「私的な倫理」とは違ったものとなるにちがいない。政治的効率の諸原則に忠実に判定するなら、私的な倫理の「効率」などゼロでしかない。政治に関するモラルというテーマは私的な倫理や「魂の救済」のイデオロギーとも関係していることを付け加え、今一度、効率と「成果」に戻ることにしよう。「モラリスト」に対抗するため、マキアヴェリや現代の亜流は、自分たちの「科学」や「技術」、つまり効率という概念を提起する。それには従わざるをえない。

この「脱イデオロギー」という教義には、信奉者だけでなく「実践者」もいる。私が示唆しているのは、サリナス一派やPANの新潮流に属する知識人とは別の人のことだ。大使は特権を行使し、健忘症の知識人どもの喝采を受けながら、厚かましさと「効率」に関する「教義」を開陳する。

私が彼を殴れば、彼は話すだろう。私が彼に話しかければ、彼は私を殴るだろう。

大使は自分自身を代表していない。私が言いたいのは、大使は自分だけを代表しているのではないということである。彼は特定の政治的立場、特定の政治手法を代表している。その特徴は、サリナス抜きのサリナス一派による六年間［セディージョ政権］の最初の十一カ月間の針路の不明確さに現われている。大使は新しく形成された大統領「顧問団」の一員である。対話をするために暴力を行使するよう、顧問団はセディージョ大統領に進言している。通信メディアをうまく操れば、要した経費は隠蔽できると言っている。

映画の題名は忘れたけれど（たぶんバルバチャーノ先生［UNAM教員、映画・テレビ論専門］なら覚えているだろう）、主演俳優の一人がピーター・フォンダだったことはよく覚えている。粗筋もはっきりと覚えている。だいたい次のような感じだった。ハーバード大学の優秀な男子学生のグループが一人の少女を強姦する。少女は彼らを法廷で告発するが、彼らはその少女が売春婦だったと反論した。彼らの弁護人は、彼らが成績優秀で家族も名門であることを交えながら弁護を行なった。男子学生たちは無罪放免された。しかし、少女は自殺した。大人になった「ジュニア」たちは「もっと激しい興奮」を求め、週末の休暇をカップル「狩り」をして過ごすようになる。「狩り」というのは比喩ではない。「ジュニア」たちはいつも通り強姦した後、その男女を解放し野原に逃がしてから、猟銃を持って彼らを狩るのである。

　この映画の結末は覚えていない。しかし、その結末は、正義は不可欠であるというたぐいの結末だったことは確実である。そうすることで、現実には免責されていることがスクリーンのなかでは解決されるように、ハリウッド映画は見せ掛けるのである。

　さて、現代の「ジュニア」は、遊び道具として国家を所有している者のなかに見い出せる。うち一人はロス・ピノス［大統領官邸］、もう一人はブカレリ［内務省のあるメヒコ市内の通り］にいる。二人は任天堂のゲームに飽き、実際の戦争というゲームで「悪者」を狩ろうとした。捕虜に逃げる猶予を与えるとともに、彼らを追いつめ、より面白いゲームができるように、手持ちの「札付きの悪党」を配備したのである。しかし、国は連中が遊ぶために存在しているのではない。抗議の声が国中から沸き起こった。ゲームは長引き、「悪者」を捕まえられなかったので、「ジュニア」たちは窮地に陥った。その時、ジュニアたちを苦境から救出（?）するために、例の大使が登場し、われわれに次のように言った。

「すべては計画されていた。死者は死んではいない。この戦争は戦争ではない。強制退去者は追放されたのではない。私たちはいつも話しあいを望んでいた。われわれが対話を求めていることを『悪者』に伝えるため、何万人の兵士を派遣したのである」

哀れな政府にふさわしい哀れな言い草である。

一方では、現実が押しつけられ……マスメディアは事実を押しつけようとしている。忘却が政府側のお喋りを支配しつつある。株の暴落、ペソの切下げ、新自由主義に基づく真の先住民政策を展示するショーウィンドーだったサンアンドレスの対話、政治的不安定、不信感や疑念、統治能力の欠如や不確実さも、すべて忘れられている。結果を生み出さないことは、マキアヴェリの基準では「効率的」とはいえない。政府の声明はこの原理を忘れている。

政府の声明は失われた大義を防衛することも忘れている。大使はそれを承知していながら、独占会見の時間になると、それを忘れてしまう。政府の最近の声明を見れば、明らかである。連中は現実を忘れている。言い換えれば、虚飾にみちた美しい嘘を信じたり、失われた大義に賭けてもよいという人がますます減っている。そのことを忘れている。

その一方、現代のマキアヴェリどもは、われわれがモラルにこだわりすぎていると不満をもらす。政治の世界には善も悪もないという処方箋を持ち出し、対立陣営の善悪の判定をともなう問題は解決できないなどと言う始末である。

倫理と政治の関係は、悪対善という組合せの定義で解決できる簡単な問題ではない。この点に限れば、彼らの言うことはたしかに当たっている。つまり、「サリナス派の知識人が懐かしがっているマキアヴェリは悪であるから、われわれは善である。われわれはマキアヴェリに賛成してないから」といったたぐいの議論である。論争をその方向へ向けたいという誘惑に駆られてしまいそうだ。しかし、私は確信している。「かりに、新自由主義の流儀に基づく『効率主義』によって今のような悲劇的な状況が導きだされたとしても、コストの割りに成果も得られない教養の純粋性に対する信仰がそれらから離れた地点に到達しているわけではない」（カルロス・モンシバイス、『プロセソ』誌九六六号）とあなた（君）が指摘した（された）時、あなた（君）はこだわる価値のある新しい問題を指摘した（された）のである。

マキアヴェリに反対するという代替案は、左派にとってはさほど魅力的でない。それは自明である。しかし、問題はそのことではない。「理論的純粋性」の問題でもない。少なくともそれだけではない。それ以上のものである。代替案として持ち出され、あらゆる政治的（人間的と加えたいが、これは別のテーマだ）関係を逆転したひとつの関係に単純化できる鏡の魔法を借りるのである。これが「革命的」科学に関する倫理的基礎である。つまり、「科学的」知識は資本主義のモラルを倒立させたモラルを生み出している。たとえば、エゴイズムには無私、民営化には集団化、個人主義には社会的なものが対置される。

しかし、モラルに関する原理主義としての鏡像の知識は、なんら新しいものを生み出さない。イメージの逆転により生まれるのは、新しいイメージではなく、逆になったイメージである。政治（とモラル）に関する代替案は、すでに鏡のなかに存在している。鏡の世界において、右派の優越は左派の優越、白は黒、下は上、ブルジョアはプロレタリアートになる。こんな次第である。逆になるだけで、元のものと同じである。この倫理は左翼の全領域に刻み込まれていた（あるいは今も刻み込まれている）倫理だった（である）。

その通りである。現代のマキアヴェリどもは、あれこれよく言ってくれる。曰く、彼らが提唱している厚顔無恥や実利主義より優れた提案をわれわれはひとつも行なっていない。彼らのモラルと同じぐらい犯罪的な（それにしても、彼らはわれわれのモラルが犯罪的というだけで、自分たちのモラルについては言おうとしない）新しいモラルを振りかざして、われわれは連中を批判している。われわれは、たくさん灰色があることを無視し、政治を白と黒の対立に還元しようとしている。たしかにそうだ。しかし、われわれが非難しているのは、復活したマキアヴェリのモラルが狡猾で犯罪的であることだけではない。**それが効率的でない**ことも指摘しているのである。

モラルというテーマを扱う時は慎重にと助言するためか、再びドゥリートが口をはさんできた。

「おまえが不道徳なことは、誰でも知っている」と彼が言った。

彼は首都で入手するよう私が頼んでおいた数本のビデオ、それもいわゆるXマークがたくさんついたビデオを持って帰らなかった。彼はその弁解の余地のない自分の失敗を正当化しようとしているのだ。

「『そのたぐいの』モラルのことを言っているのではありません。だから、もう、PANの市長みたいに私に説教するのはやめにしていただけませんか」と私は自己弁護した。

「説教だなんて、とんでもない。でも、おまえのよくない映画の趣味を改善するのも私の義務だからね。

そういう不道徳なビデオではなく、もっと有益なものをおまえのために持ってきたんだ。これが私が連邦地区へ旅行した時の写真だ」

そう言って、ドゥリートは私に封筒を投げた。中にある写真は大きさもテーマもバラバラだった。チャプルテペック公園［メヒコ市西部にある公園］で撮った写真には、彼つまりドゥリートが映っていた。

「動物園で撮ったこの写真はあまり楽しそうではないですね」

ドゥリートは机の下から答えた。動物園の警備員に捕まった後に撮った写真だからと説明してくれた。要するに、警備員がドゥリートを小型のサイと間違え、無理やりオリに連れ戻そうとしたのだ。自分の身を守るため、ドゥリートはありとあらゆる議論を展開した。話は植物学から始まって、動物学、節足動物、哺乳類、さらには遍歴の騎士にまで及んだ。ほかにどんな話題があったのか私は知らないが、最後は鼻の穴に関する議論だったそうだ。くたびれ果てた警備員が休憩したすきに、彼は逃げだすことができた。解放されたうれしさのあまり、彼は白サイのところで写真を撮ることにした。だから、青ざめた顔をしているのだ。びっくりしたのでねと、彼は弁明した。

典型的な都市の情景のなかでいろんなポーズをしたドゥリートの写真が何枚も出てきた。

たとえば、何本もの足の間にドゥリートが映っている写真があった。彼は写真のどの足も軍靴を履いていないことに私の注意を喚起させようとした。ドゥリートはそれを称賛したいらしい。その時期、エスピノサ［当時のメヒコ市市長］はまだ爪をのぞかせていなかったのだから［治安維持の名目で警官の増員、軍隊投入が行われたことをさす］、そんなに興奮しないでくださいと私は進言した。

次の写真には多くの人が映っていた。私をあまり孤独にさせてはいけないと考え、そのために撮ったものだとドゥリートは言った。

次の写真ではドゥリートは別のカブト虫といっしょだった。背景には大学都市の「島」らしきものが映っている。私はもう一方のカブト虫を指して、彼は誰かと尋ねた。

「彼じゃない。彼女だよ」とドゥリートは長いため息とともに答えた。

写真はそれでおしまいだった。ドゥリートは黙り、彼の彫像から漏れてくるのはため息だけだった。私はマキアヴェリの効率主義に対するわれわれの批判を展開し、再びマキアヴェリに対する憤りの念を表明するしかない。


マキアヴェリ流のモラルに対してわれわれが提起している批判は代替案となりえるのか？ この批判はこれまで採用され模範とされてきたマキアヴェリを脅かす悪態となりえるのか。これは新しいモラルなのか？ これがより良いモラルなのか？ これがよりうまくいくモラルなのか？ これがより効果的なモラルなのか？ われわれが提案しているのはこのようなことなのか？ 少なくとも、われわれサパティスタに関しては、それは違う。新しい政治的関係を築く必要があると、われわれは考えている。その政治的関係は単一の源泉（この場合の源泉とはネオサパティスモである）から生まれるものではない。この新しい関係はそれ自体で効果を生み出すものとなるだろう。これは非常に新しいタイプの関係である。新しい政治のあり方だけでなく、新しい政治家のあり方を規定するだろう。つまり、政治という領域、ならびに政治の世界で活躍する人のあり方を定義する新しい方法となる。

なぜ新しい政治のモラルはネオサパティスモから生まれないのか。そのことを私はくどくど説明するつもりはない。われわれが基盤としているものも古いものである。それだけ言っておけば十分である。われわれは武器という手段（出版が危うくなった自分の本を救出するために、ホルヘ・カスタニェーダ〔メヒコの政治学者、ここで言及されているのは『武装解除したユートピア』の第二版（一九九四年版）〕が、武器という手段を否定し、われわれEZLNは軍隊といっても名前だけのものであるといくら強調しようとも）、つまり武器を用いる実力行使に訴えてきた。武器は少なく、しかも旧式で現在ほとんど使われていないものであるという状況は、まったく変わっていない。われわれは武力行使をするつもりだった。今もその準備はできている。それは事実である。われわれは自分たちの思想のために死ぬ覚悟ができている。これもたしかである。われわれは人を殺す覚悟もできている。

それゆえ、「たとえ」革命的であれ、英雄的であれ、何であろうと、一個の軍隊から、新しい政治のモラルが生まれることはない。より適切に言えば、現在、昼だけでなく、夜になってもかなりの時間われわれを苦しめている政治のモラルよりも優れたモラルが、軍隊から生まれることはない。夜はまだいくつもの驚異を隠している。だから、きっと、まだまだ多くの人々が頭を痛めることになる。次のようなことを理解しようとして……

「物事はそんなに簡単じゃない」とドゥリートが言った。

「おまえが欲しがっていたビデオを私がもってこなかったので、おまえはこのピアノと机より重たい罪の重圧を高貴なる私の両肩に乗せようと仕向けている。そうとしか思えない。でも弁明しておかなければ。ビデオの代わりに、サパティスタの女性にたくさんお土産をもってきた。ブレスレットにカチューシャ、イヤリング、髪留め……これら全部を手に入れるため、十日間も続けて夜中に働くはめになった……」

夜と言えば、今夜は、西の空に戻ってきた月が、磨き上げられた雄牛の角のような光を放っている。夜になるといつもあった雲も、今はひとつもない。闘牛士がもつ赤い布のような雲がないまま、夜はたった一人で静かに雄牛から身をかわしている。夜は、東の空に現われた嵐の前兆に怖じ気づくこともなく、独力で最高の闘牛士のコスチュームのようなきらめきを放っている。

テントには一粒も小麦がなかったけれども、夜が手を差し伸べてくれないかなと眺めながら、私は夜を過ごしていた。月が二本の角の間に描いて私に贈ってくれた満面の微笑みに私は釘づけになった。私は十回ほど慈悲を乞うたが、十回とも星たちは私に仕事を続けるよう命じた。

私は書いていたものを放り出し、ドゥリートにパソ・ドブレを演奏するように頼み、夜の闘牛場の中心へと向おうとした。まだ手紙を書き終えていないのだから、戻って手紙を書きあげるべきだと、ドゥリートは私に忠告した。要するに、彼、ドゥリートは私を助ける気などない。言うまでもなく、闘牛は中止となり、私は手紙を書くこと、政治のモラルに関する問題に再び取りかかることにした。光によって夜の闇の城壁に浮かび上がる無数の山のシルエットは微動すらしない。

どこまでだったかな? ああ、そうだ。批判活動においてわれわれが主張しているのは、われわれがマキアヴェリに比べより良く、善良で、優れているということではなく、われわれはより良いものになるべきであるということである。問題はどちらの政治のモラルが良くて効率的かではなく、新しい政治のモラルに必要なのは何かということである。

いずれにしても、より良い、効率的な政治のモラルを作りだすのは、混沌に理論的基盤を与えようと躍起になっている厚かましい知識人ではない。政党に関して言うなら、マキアヴェリは報償という複雑なバランスを操作する。つまり、権力の交替要員として公式に登場してしまうと、あらゆる些細なこと(秘密、取引、日和見主義、実利主義や裏切)はさほど重みをもたず、現実の権力側に傾いているバランスを変えることは難しい。

しかし、それらの「些細なこと」は、そう遠くない将来に歴史的なつけを徴収されるという特徴を備えている。そして、この種の「些細だが重要な政治的手練手管」を用いて獲得した地位が高ければ高いほど、歴史が請求するつけも大きくなる。またしても、カルロス・サリナス・デ・ゴルタリは歴史の教訓となる典型的人物となる(一見したところ、政治学の講義を受けている誰ひとりとしてそのことを学びたくないようだ)。

われわれが提示する世界はより良いものなのか? そうではない。われわれは新たな世界を提示しているのではない。マキアヴェリなら新たな世界を提示するだろう。そして、世界をより良くするのは不可能だとか、われわれも大勢に順応し、メヒコの政治の場を支配しているいくつもの灰色があまり対立しないように、灰色の色調をさらに希薄に、つまりいっそう灰色にすべきだなどと言う。連中がそのような「どっちつかず」の凡庸な見解を主張するのは、展望が悲観的だからだけではないと、われわれは考えている。それが嘘であり、将来性がないからである。遅かれ早かれ、現実につきものの愚劣さとともに、現実が到来し、中間的な色調を壊し、中間的な灰色を削りはじめる……。

「七つの質問。それが正解だ」と、ドゥリートは断言した。明らかに、全国協議で同意がえられなかったテーマを彼は忘れてはいなかった。私は話題をそらせようと、ドゥリートにペガサスのことを尋ねた。答えるドゥリートの声はかすれていた。

「ペガサスの身に起こったことは、連邦地区で暮らし、死んでいく者の日常的な悲劇の一部だよ。ペガサスは心優しい知的な生き物だったけれど、メヒコ市の交通に対応するにはがまん強すぎた。雨のせいで錆びついた色調を利用して地下鉄の車両のふりをするという案をペガサスが拒んだ。そこで、私は彼に小型自動車のような迷彩を施した。事は順調に運んでいた。でも、ペガサスは雌だったので、「ルート百バス」［当局に弾圧された独立系のメヒコ市都市交通労働組合］に恋してしまった。最後に彼女を見かけた時、彼女は抵抗運動の資金を集めるために飛び回っていた。でも、私は嘆き悲しんだりはしない。きっとそこで有益なことを学ぶだろう。まだ私に手紙を書いてくれていない。きっと、どこ宛てに出せばよいのかがわからないのだ」

　空を振動が伝わっていった。私は横目でドゥリートがどこにいるか確かめた。沈黙と煙草の煙の雲が彫像のまわりを取り巻いている。ドゥリートを元気づけようと、私は首都への旅行のことをもっと話すように頼んだ。

「何を話せというんだい？　大都市でも小さな都市でも、誰もが目にすることを私は見たんだ。不正とそれに対する怒り、支配とそれに対する反抗、少数者が独占する膨大な富と多数の人々が毎日味わっている悲惨な生活。それを目のあたりにするのは有益なことである。多くの人々は恐れてそれを見ようとしない。分別あるふりをして見ようとしない人もいる。事態がさらに悪くなるという者も、それほどひどい状況にはならないという者もいる。政府のものを完全に拒絶しないかぎり、満場一致なんてないよ」

ドゥリートはパイプに火をつけ、話を続けた。

「ある日の明け方、アラメダ広場にある数少ない木の上で、私は寝ようとしていた。街の様子は昼間とずいぶん違った感じだった。私は木のてっぺんで、パトカーがゆっくりと巡回するのを見ていた。車は一人の女の前で止まり、隊員の一人が車から降りてきた。悪魔みたいな奴の目つきで、正体がよく分かった。私の直感に狂いはなかった。その後、何が起こるか、私は即座にわかった。女は動かなかった。前からの知りあいかのような素振りで、女は警官を待っていた。女は何も言わずに丸めた何枚かの紙幣を警官に手渡した。警官は辺りを見回しながらそれを受け取った。警官は別れ際に女の頬をつねろうとしたが、女は荒々しくその手を振り払った。警官が車に戻ると、すぐにパトカーは走り去った」

ドゥリートはかなり長い間黙っていた。話し終えたので、書類いじりの仕事に戻ったのだろう。だから私も自分の仕事に戻らなければならない。

どちらの政治のモラルが良いのか、または「効率的」であるかを論じる代わりに、新しい政治のモラルの誕生が可能な場を作りだすために戦うことの必要性について、われわれは話し合い、議論することができるはずだ。つまり、ここで問題となるのは次の点である。

政治的モラルはつねに権力の問題との関係で定義されるべきだろうか？　それは、それでいいだろう。しかし、それは「権力奪取の問題との関係で」と言明することと同じではない。おそらく新しい政治のモラルは、権力の掌握とか維持ではなく、権力の釣合いりや対抗物の役割を果たすという新しい領域において築かれるだろう。それは権力を抑制し、たとえば、「人々の意志に服従しながら命じる」ように義務づけるものである。

もちろん、「政治学」の概念には、「人々の意志に服従しながら命じる」ことは見当たらない。この発想は、われわれを苛む政治的行動を執り仕きっている「効率性」によって軽んじられている。しかし、歴史による裁きに直面し、結局は、厚顔無恥の「成功」というモラルの「効率性」は、裸となった己れの姿に向き合うことになる。「数々の成果」を映しだす鏡のなかに写る自分のイメージを目のあたりにして、自分の敵（つねに敵の方が多数である）が感じていた恐怖が自分自身へと戻ってくる。

一方、「原理主義者」と言えば、聖人を気取っているくせに悪魔と化している。厚顔無恥を逆さまにしたイメージは、方針や宗教、ストッキングの長さや政治的構想における非寛容へと転化してしまう。それは明らかである。たとえば、国民行動党の潔癖主義は、その種の原理主義者がメヒコの保守派のなかに根強く存続している見本である。

さて、もうすぐ夜が明ける。夜明けとともに、私はお別れしなければならない。おそらく、私はマキアヴェリの復活を招いた論争をよく理解できていない。本来の論争以外の余分な議論まで持ちだしたようだ（しかも、結論は出さずじまいだ）。でもそれも悪くはない。しょせん、ほとんど「効率性」がないのだから。

きっと、論争はこれからも続くだろう。しかし、面と向かって論争することはまずありえない。というのも、目出し帽の人々、迫害、包囲網……。ムニョス・レド［当時のPRD党首］は「彼（マルコス）がこの国の政治の場にとどまる人物だとは思わない」という発言をしている。彼はもうチュアイフェット内務大臣と何らか「協定」を結んだのだろうか？　それとも、もう一人の偉大なる民主革命党員エラクリオ・セペダ［チアパス出身の小説家、ルイス・フェロ州知事代行の州政府総務局長になる］が、チアパス州政府総務局から命令したものと同じような「失踪」が用意されているのか？

そのあいだも、権力者は変化の等価物として黙示録的な状況をわれわれに約束しつづけるだろう。そのような事態を避けるため、われわれも大勢に順応した方がよいと権力者は言う。ほかの人々は、黙示録的な状況はずっと以前から続いており、混沌はこれから到来するのではなく、すで現実となっている……ことを沈黙のうちに語っている。

どう締めくくればいいのかわからないので、ドゥリートに手伝ってくれるように頼むことにした。嵐の中を稲光が走り、ドゥリートの姿がまぶしく照らされている。その光景はある意味で驚異的だった。光によって不意に照らしだされたため、影像を取り巻く影はより際立ってくる。だから、ドゥリートが倒壊物の後ろから出てくるのが見えなかった。何か異常なことが起きたのかなと私は一瞬考えた。その時すでにドゥリートは小さなピアノに腰掛け、煙草を吸っていた。

「それにしても、どうやって下から出てきたのですか？」

「きわめて簡単だ。私は下にいたのではない。ピアノがぐらつきだしたので、私は脇によけた。瞬時に、私は自分の上に乗るに値するような芸術作品はないと判断した。私は遍歴の騎士だから、精神の芸術家

X = A+B
7 y 5 =
encanto
asimetría
75
57
mandar
obede-
ciendo
TABACO
Problema
=
solución

であらねばならない。この種の芸術家はほとんどいないからな。ところで、おまえは何を悩んでいるのだ。わが親愛なるワトソン君？」

「この手紙をどう終わればいいのかわからないのです」と私はおどおどしながら言った。

「そんな問題なんて簡単に解決できる。書き始めたときと同じように終るのだ」

「どんなふうに書き始めたのだったかな？　点が始めだったかな？」

「そう。初歩的なことだ。親愛なるワトソン君。どの数理論理学の本にも載っている」

「数理論理学？　だけど、数理論理学が政治のモラルとどういう関係があるのですか？」

書類を整理しながらドゥリートは言った。

「おまえが考えている以上に深く関わりあっている。たとえば数理論理学（代数と混同するな）では、点は連結の役割を果たす。つまり、**そして**の役割だ。点は**そして**と同じものだ。だからAとBやAたすBを示す時には、A・Bと書くことができる。点は終わりではなく、結合、つまり何かが付け加わっていることを示す符号である。そして点と点との間でのみ、ある段落の数Xは規定される。そこでは、Xは鏡に映っても姿を変えず、忠実にその姿を映す数である」

東の空から、雲に覆われていた太陽が姿を現わし、天空を支配しようとしている。

だから、ピリオドでこの追伸を終わることにする。いや、ドゥリートによれば、終わるのではなく、続くのである。では、「そして」。

追伸—主要な問題提起が隠されている謎々を解読してください。

その一　ルイス・キャロル、『鏡の国のアリス』の第二章「生きている花の園」

その二　それぞれのピリオドとそれに続く改行は段落の終わりを示す。

その三　句読符号は考慮しない。

その四　鏡のなかの数の論理の数的な無秩序は次のとおりである。

一・一一一．　一四・一一〇．　九・一〇九．　二四七・一〇七．

一一・一〇四．　二五・一〇三．　四七・九七．　三七・九六．　三・九五．

一四・九四．　三・八九．　二四・八七．　二二・八六．　六・八五．

一〇・八四．　四八・八二．　二一・八一．　四三・七九．　五五・七八．

一〇・七七．　四九・七六．　八三・七二．　二一・七一．　四二・六四．

六・六三．　二七・六二．　五二・六一．　六三・五九．　一三・五八．

一一・五七．　三・五六．　六・五四．　一〇一・五三．　一四一・五一．

七九・五〇．　三五・四九．　三二・四九．　五一・四六．　一一・四五．

八八・四四．　一二・四三．　一二・四二．　三一・四一．　三・四〇．

二四・三九．　一五・三八．　二〇・三七．　一八・三七．　一七・三六．

二七・三五．　二二・三三．　一一一・三二．　七・三二．　一一五・三一．

二〇・三一．　一二・三一．　五・三一．　六八・三〇．　四六・三〇．

三一・三〇．一二・三〇．九・三〇．五四・二九．四五・二九．

一二・二九．四九・二八．二〇・二八．九・二八．四〇・二七．

一五・二七．四二・二二．一一・二一．九一・二一．二九・二一．

三・二一．三四・二〇．六・二〇．八一・一九．六六・一九．

四四・一九．三六・一九．一八・一九．一一・一九．一二三・一八．

九〇・一八．八〇・一八．七六・一八．六五・一八．四三・一七．

四・一七．五一・一五．四八・一五．二八・一五．一六・一五．

四七・一四．二〇・一四．八・一四．三九・一三．一二・一三．

五五・一二．五四・一二．五三・一二．一八・一一．四三・一〇．

二五・一〇．四一・八．九・六．六・四．一・一．

その五　鏡のなかで、混沌は論理的秩序を反映し、論理的秩序は混沌を反映する。

その六　A・A＝？

その七　七つの鏡がある。第一の鏡は最初の鏡である。第二と第三の鏡は混沌の神秘の扉を開ける。混沌は第四の鏡で秩序だてられる。第四の鏡は第五と第六の鏡が組合わせられて出来ている。第七の鏡は最後の鏡である。


もう一度、では、お元気で。ご覧のとおり（なにしろ木と法律違反者と歯科学だから）そう簡単ではありません。

（amar a la rama）木の枝を慈しむ

メヒコ南東部の山中より

メヒコ、チアパス

出典―La Jornada Semanal, 1996/1/14

EZLN副司令官マルコス

14 ドゥリートのお話に関する銀河系協議の提案

追伸――いくつかの政党を支配する凡庸な思い上がりに由来しない叱責なら、すべて受け付けます。

夜明けの空はやっと白みはじめた。寒さと暗やみが、高潔で勇敢な遍歴の騎士の徹夜の仕事と青白い顔をした従者の苦労を包みこんでいる。月と遭遇するものはいないし、稲光を追い掛けるように雷鳴が響いている。雨が降るたびに、泥はあらたに増え、小麦はキスによって生々とする。

ドゥリートはパイプをくわえて新聞を点検しながら、私を叱責するように見ている。

「どうやら、おまえは歴史を作っている連中の不興を買ったようだな」とドゥリートは新聞を閉じながら言った。

「私がですか?」と壊れたブーツの手入れで忙しいふりをしながら、私は聞き返した。

「当たり前だ! おまえ以外に誰がいるのだ? おまえときたら、話す時になるとガラス店の象たちの唸り声に匹敵する能力を発揮する。またもや、おまえはそのことを暴露してしまった。それだけではない。おまえの馬鹿さ加減のせいで、連中は崩れだすと止めようのない凡庸さを馬鹿げたことであると言い、おまえの言った中途半端な馬鹿げたことに中途半端な尊敬の念を払うようになった……」

「私は……。実際には、私が理解されなかっただけです！　私としては、あの時に言ったことを言いたかったのではありません。言わなかったことを言いたかったのです。つまり、私は言いたいことが言えず、言いたくないことを言ってしまったのです」

私は自己弁護をしながら、自分の左足——疑う人がいますか？——のブーツの穴を恥ずかしそうに隠そうとした。

「ナーンセンス！　そんな言い訳は、消費税率引下げ反対論をぶつＰＲＩの下院議員の論理と同じだ」

私は黙り込み、小さな棒きれで地面にラセンや小さな円を描きはじめた。ドゥリートは気の毒に思ったのか、私の肩を平手でトントンとたたいた。そうするためには、ドゥリートは私の腕をよじ登り、軍帽のあごひもを解かねばならなかった。ドゥリートは首の付け根の脇に座り込み、次のように言った。

「おお、私の親愛なる間抜けな従者よ！　話をすることは繊細な問題であり、うかつには扱えないし、さまざまな問題を呼び起こすものである。実際に価値のあることといえば、ひとりの女性と話すことだけである。女性こそ、いろんな問題に滑り込み、首を突っ込むことに満足を与える唯一の存在である。ひとりの女性と話すのなら、彼女の耳元で話さなければならない。だから、話す内容よりも、生暖かい吐息が彼女の首筋に触れることのほうが重要なのである。一方、政治においては、ことばには何千もの罠やゴタゴタが含まれている。そのことは、われわれにむかって発されることばだけでなく、われわれが発することばでも同じである。しかも、われわれが政治について話していた時、私はあるお話を思い出した。きっとそれは、おまえが準備している、私の記憶が悪くないなら、たしか『息苦しい夜のためのお話』という題の本に役立つはずだ」

また、ドゥリートの別のお話を我慢して聞かねばならないのかと絶望的な気持ちになり、私はため息をついた。しかし、ドン・ポルフィリオに対する宣言のせいで、こんなことが起きているのだとドゥリートは信じ込んでいる。ドゥリートは自分の喉をスッキリさせた後、私にノートと鉛筆を用意するよう命令した。そして、彼が読み上げること、つまり次の題のお話を私は書き留めていった。

冷たい足と熱い足

ある時のことである。いっしょになったふたつの足があった。いっしょではあったが、くっついてはいなかった。一本の足は冷たく、もう一本の足は熱かった。

冷たい足が熱い足にむかって言った。

「おまえ、ずいぶん熱いな」

すると、熱い足は冷たい足にむかって言い返した。

「おまえこそ、ずいぶん冷たいな」。

エルナン・コルテス［一五一九年にメヒコに上陸したスペイン人征服者］がやってきた時も、こんなふうな調子、つまり、言い争っていた。

だから、二つの足はコルテスによって焼かれてしまった。

「それで終わりですか？」と不信心な私は尋ねた。

「もちろん！　おまえの記者会見とちがって、これはお話だからね」とドゥリートは言い返した。

非難する目付きで、私はドゥリートを見つめた。すると、彼はこう言った。

「わかった。わかった。よろしい、ちょっと考えさせろ。ふーむ、ふーむ。わかった。最後にこう付け加えよう。『こうして、エルナン・コルテスはとても幸福に暮らしましたとさ。これでおしまい。だけど、このお話は終わっていない』」

「終わらないのですか？」と質問したものの、私はリュックに紙をしまい込んだ。

「もちろん、終わりはしない！　今でも、冷たい足と熱い足はたくさんある。だから、エルナン・コルテスはとっても不愉快なショックを受けて死ぬことになるのだ」

「不愉快なことばかり話している。そんなあなたに対する苦情がいくつかの新聞に出ているのですが」と私は口を挟んだ。

「私に対してだと？　遍歴の騎士に対して苦情を言おうとするやからは、いったいどこの誰だ？　遍歴の騎士に対しては、あらゆる年代の乙女がため息をつき、大きいこどもから小さいこどもに至るまで彼の夢を見るし、この世界に今まで存在したすべての高貴な男性は彼を尊敬し、崇拝しているのだ」

「わかりました。正確に言うと、あなたに対する苦情ではないのです。ただ、ドゥリートにはうんざりだ。ドゥリートはあちらかと思えば、こちらにも出しゃばっている。そのように言われています。ですから、私の書簡からあなたを削除してはどうか……という意見が提出されているのです」

ドゥリートは私が話しつづけるのを認めず、私の耳元で大声で叫んだ。

「黙れ！　この礼儀をわきまえぬ無頼のやからめ。私の偉大なる武勲、誰も否定できない私の親愛なる気持ち、私の弁舌に満ちあふれている深遠なる知識に関するお話から、尊敬できるものを享受できず、安らぎの時間や高貴なる教訓を手に入れることができない者がいるとしたら、おまえのようなろくでなしだけである」

「だけど、ドゥリート！　さきほどの馬鹿げたことを思いついたのは私ではありません！　たんなる仮説ですが、あなたの言うことにまったく……関心が湧かないという人物の存在が確認されています」

またもや、ドゥリートが口を挟んできた。

「わかった。私の知識や驚異の業に興味のもてない人物がいるかもしれないというおまえの意見は認めよう。だが、おまえのような無礼な下司野郎がもっているものと、私という高い遍歴の騎士がもっているものの相場をはっきりと決めることにしよう」

「『遍歴』はかまいませんが、『高い』には私としては疑問があるのですが」

「私が言っているのは理想の高さのことだ。このまぬけめ」

「わかりました。で、何を提案されるのですか？」

「協議だ」

「協議ですか？　しかし、ドゥリート……それはたんなる馬鹿騒ぎでしかないと言われています」

「うるさい、ひと言も喋るな！　これはひとつの協議である。全国的、国際的、そして惑星間の協議である。質問項目は以下のとおりである。

第一項目―副司令はドゥリートのお話を書簡から削除すべきか？

第二項目―無謀にも、ドゥリートのお話を抹殺すべきであると要求した唾棄すべき奴は、ダンテの地獄に似せて作られる冷蔵庫のような地獄の炎で焼かれて死すべきか？

以上の質問に対して、はい、いいえ、しらない、で答えること」

「回答をしたい人はそれをどこに送ればいいのですか？」と疑い深い私は質問した。

「私の事務所までだ。メヒコ・チアパス州、メヒコ南東部の山中、ウァパックの葉、六十九番地、ラカンドン密林のドン・ドゥリート」

私はドゥリートを見すえた。いくつか明らかにすべき事項があると思ったからである。

「その『協議』とやらに参加できる年齢の上限と下限は、何歳ですか？」

「下は生後六カ月である。上は最後の息を引き取る一分前だ」

「だけど、ドゥリート、生後六カ月の誰がこの種の質問に答えられると思いますか？」

「言うまでもない！　私は、生後六カ月の時、いくつかソネットを創ったことがある。それによって、女性の湿った腹部が嵐を巻き起こし、皮肉にも平穏がもたらされたのだ」

「だけど、あなたはカブト虫でしょう！」

「言うことを聞け！　もうこれ以上、つべこべ言うな！　協議の呼び掛け文を作成するのだ。すべての女性は最良の……ため息を投票用紙に吹きかけることができる。そのことも付け加えなさい。そうしたいと思うならだが。……いや、ため息はよしておこう……そんなに多くのため息がこちらに吹きつけられたら、巨大なハリケーンとなってしまう。ロサーナ［一九九五年十月にメヒコを襲ったハリケーン］は『無能な微風』に格下げされてしまうからな。私に贈るのなら、赤いカーネーションがよい。そうすれば、われわれはそれで商売ができるし、それを輸出できるからな……さて、おまえはどう思う?」

「あなたは錯乱しているようです。気が触れたのでは」とドゥリートに言った。

「おお、私の親愛なる痩せの従者よ。一定の量の錯乱と狂気があってこそ、明日が明けるのだ」

こうと言うと、ドゥリートは自分のねぐらに引き返し、ふたたびヴァパックの葉っぱに潜りこんだ。その直前、葉っぱの上に大きく丸く「六十九」と番地を書き込んだ。

「回答が届きだしたら、私に知らせるのだ。この糞ったれ! 私は夢と甘い希望とをけっして妥協させはしない」

こう言ったかと思うと、すぐさまドゥリートは消音装置のないオフロード・バイクのような大いびきをかきはじめた。

私はずっと黙っていた。パイプに火をつけ、ゆっくりとひとつの思い出を吸い込んだ。夜明けとともに、上空では、先程まで薄暗い灰色をしていた空が白みはじめた。はるか彼方では、出番を待つ昼が地平線に嚙みつき、へばりついている。ここ……メヒコ南東部の山中の寒さも、わずかだが和らぎはじめた。

では、いま一度、身体に気をつけて。狂気と錯乱を増大させよう。

十月にセイバを飾る花を待ち焦がれながら

副司令

追伸——何トンもの票を待っている。

月の姿は、小川の湾曲部でいくつにも増えていた。上空では、飛行機が政情安定という空気を噂していた。この度の書簡には登場しないのですかと、私はドゥリートに尋ねた。
「そんなことは考えるな。私は協議……の結果を待つだけだ」と彼はきっぱりと答えた。
だから、バルトレット［プエブラ州知事、ウェショチンゴ市長を更迭したためPANが国会の諸委員会をボイコットしつづけた］がわれわれに協力してくれないなら、ドゥリートが書簡に登場しない期間は、ドルに対するペソの低落と同じように、かなり長く続くだろう。

それでは、お元気で。希望はお菓子のようなものであることを忘れないでください。人が希望を心に抱いていないなら、何の役にもたたない。

セイバの下で待っている

副司令

出典—La Jornada, 1995/10/30, 1995/11/30

15 副司令のヌードのオークション

追伸――本状に同封したイラストについて説明する。

オークションの話が掲載されているスペインの雑誌が私の手元に届いた。その切り抜きによると、オークションはチアパスの先住民のこどもの役に立てるという。そのことをドゥリートに伝え、何かメッセージ、あるいはかなりの混乱を引き起こすお話のひとつでも送るつもりはありませんかと尋ねた。すると、ドゥリートは答えた。

「協議［EZLNの政治組織化など六項目に関する全国協議］終了まで、文字であれ、スープのなかであれ、執筆活動はやめている。ただし、絵でなら協力してもよい」

「絵ですか？　あなたはグラフィック芸術もやるのですか！」とちょっと驚いて私は尋ねた。

「もちろん！　私の様式では、次のものが一筆で総合できるのだ。ピカソの明確な線、モネの色使い、ダリのしなやかな錯乱、ダダのどうしようもない論理、ホアキン・サビナの歌、アナ・ベレンの歌声、ビクトル・マヌエルの母韻唱法、アウテの歌詞、ガルシア・ロルカの詩的な情感、ミゲル・エルナンデスの尊厳、アルモドバルの監督、ボセの演技、マリソルの魅惑、ランブラの脚本、アントニオ・ガデスの喧騒、イサベラ・パントーハの力強さ、『木曜日』（水曜日発行はいうまでもない）と称するスペインの雑誌の健康的な無礼さ、フェリペ・ゴンサレス「スペイン社会労働党党首、前首相」の傲慢さ、サンタエリャ弁護士とペローテ大佐のスペイン国家情報上級センターに関する無知ぶり、腸詰めソーセージの味……」

「ちょと！　落ち着いてください！　失礼ですが、あなたが挙げた大部分はグラフィック芸術と無関係ではありませんか」と私は口をはさんだ。

「もちろん、おまえの無知を許すつもりはない。おまえはマルチメディアの見世物について話していたのを聞いてなかったのか？」

ドゥリートはこう言い返しながら、彼の芸術に使う道具類を取り出した。

疑問が残ったものの、私は譲歩して言った。

「そうですね。だけど、あなたは外交政策にまで口をはさみ、さらに……」

「全然。まったく何も。おまえも準備をしろ。そしてじっと黙っているのだ。われわれ天才は制作活動に際して集中すること（とペセタ）が必要だから」

「何を準備するのですか？　私がどうして？」

「おまえがモデルになるのだ」

「きっぱりお断わりします！」

「おまえは、かくも高貴なる大義に協力することを拒むのか？　おまえは後世まで伝えられる栄誉を手にできるかもしれないのだぞ。私の芸術のおかげで（運まかせではなく）、おまえの貧相な姿が世界中の主要な美術館で称賛されるようになる。こうすれば、おまえもインターネットのサイバースペースという限界を乗り越えられよう」

「しかし、ドゥリート……」

「つべこべ言うな！　しかしも、クソもない」

こうして、私は本状に同封されている「芸術作品」のためにポーズをとることになったのである。恥ずかしさのため、私はフランコ亡き後の政権の「ヌード」にふさわしいオールヌードにはなれなかった。作品（この絵である。そんなにひねくれてものを考えないでください）を（一貫性とやらのために）ドイツ・マルク建てでオークションに出すそうです。しかし、その最低入札価格は、何と！　百万マルクにするとドゥリートは言った。

「あなたは正気ではありません！」と彼に言った。

「そうとも、それがあまりにも安いことはわかっている。それもこれもすべて、こどものために微笑みを描く力を内包している芸術のためである」

こう言うと、ドゥリートは道具一式をしまい込み、横になって寝てしまった。

私はじっと黙っていた。ドゥリートが描いた「絵」は、一ドゥーロ（スペインの五ペセタ硬貨）も支払えば十分である。そう私は確信している。だから、あなたたちがこの作品の基準価格をつけれるように、われわれで取り決めておきたい。一ドゥーロ（一貫性とやらのために）で構いません。そのことをドゥリートには知らせないよう、皆さんにお願いします。もし彼がそのことを知れば、私は牛追いにかけられてしまうのです。パンプローナの牛追いのことを思い出させないでください。ほかに良い策がなければ、「一ドゥーロ」は作者への敬意を……意味していると、ドゥリートに言うつもりである。

*Dibujo anexo a Subasta

Cedido por: ellokal@pangea.org

では、いま一度、お元気で。肉体より精神を裸にするほうが難しいことを銘記しよう。

ストリッパーの格好をしていたため、副司令は身体も心も二重の肺炎を患っている。

出典―Cuentos para una soledad desvelada, 1997

16 愛、失恋とほかの愚かなこと

追伸——愛、失恋とほかの愚かなことについて語ることにします。

トニィータは媚びるようにして私に茶の入った別の茶わんをもってきた。突然、事前の予告なしで彼女は私にむかって口走った。

「愛は一杯の茶わんのようなものだって。毎日、茶わんは私たちの手から地上へ落下し、粉々になるの。しかし、夜明けになると、破片は集まり、少しばかりの湿り気と温度で合体し、再び茶わんが出来上がるの。茶わんが合体できなくなるほど壊れてしまう恐ろしい日がくるのを恐れながら、恋する男は人生を過ごしているのだって」

「今は前よりもっとチクチクする」と言いながらトニィータはまたもやキスを断り、来た時のように行ってしまった。

「愛とは微妙で複雑なバランスそのものである」とドゥリートは言っている。

「一方の側には良いことが置かれ、もう一方には悪いことが置かれる。愛は時間と同じように非常に長いものとなるだろう。結局、時間の経過のなかで、重さにおいて、良いもののバランスは、悪いもののバランスを凌ぐことになる。愛する男は、その重さを積み重ね、良いもののバランスに注意しながら、時を過ごしていく。良いもののバランスに対しては十分に注意を払うが、悪いもののバランスをつい忘れてしまう。ため息のように軽い羽毛のような重さですら、強力で決定的かつ修正不能な……かたちで、バランスを失恋の側へと傾けることになる。おまえにはそのことがまず理解できないだろう」

私は考え込みながら、煙草を吸った。夜の船のなかでは、光は膨れあがったロウソクのようになり、月はオレンジ色をしていた。山の頂からは月のむきだしの刃が顔をのぞかせた。その後、途方もない力で月は突進した。その進路では少なからぬ星が損害をこうむった。

では、いま一度、新年おめでとう。今度こそ、新しい年になるといいのですが。

副司令はドゥリートへの贈り物を準備している。誰も知らないことですが、彼が私を当惑させ、批判しだしてから、この十二月で十年が経つのです。彼の口に貼るバンソウ膏を贈るのはどうでしょう。彼はさておき、私はずいぶん心安らかに……眠れるでしょう。

出典—La Jornada, 1995/12/26

17 眠れない孤独のためのお話

サパティスタ民族解放軍

メヒコ、一九九五年十二月

サパティスタのゲリラ戦争の初めの年月の眠れない孤独のなかで、ひとりの特異な人物がわれわれのキャンプに現われた。よい読み手であり、最良の話し手である煙草を吸う小さなカブト虫は、ひとりの戦闘員、つまり副司令の寒い夜明けに生気を与える任務を担っていた。

市民としての名前をナブコドノソルという小さなカブト虫は、自分の皮膚の頑丈さにちなんで、ドゥリートという名称を戦闘員の名前として選択した。ドゥリートはすべてのこどもと同じように硬い皮膚をしている。ドゥリート自身は、最初の話し相手として、われわれが内側に抱え、羞恥心とともにわれわれが忘れ去っていることもを選んだのである。

それから十年後、二月の裏切りにより、われわれがよぎなくされた軍事的撤退が最終局面にあったある夜明けに、ドゥリートはわれわれと再会することになった。そして、ドゥリートは、彼の人を驚かせる能力、優しさ、ほかの人々とともによりよい存在になろうとする熱意など、人間として有している最良のものについて論じるようになった。

時に応じて、探偵、政治の分析家、遍歴の騎士、あるいは書簡の代書人などの役を演じ分けながら、ドゥリートは、将来が映される鏡をわれわれに見せながら、語ってくれる。その鏡は、われわれが将来どのようなものになれるのかをわれわれに見せてくれる。『眠れない孤独のためのお話』［スペインのEkosol社から一九九七年に初版出版、一九九八年にはEkosolとFZLNの共同出版］は、正体不明のものに押し潰された胸のわだかまりを和らげるために始まったものである。そのお話のなかで、ドゥリートはわれわれの胸の傷を切り開いてみせる。その傷は痛むだけではなく、気持ちを和らげてくれる。身体を傷つけるが、楽な呼吸ができるようにしてくれる。

自らを遍歴の騎士と称し、「ラカンドン密林のドン・ドゥリート」という新しい呼び名をもつこの小さなカブト虫は、世界のあらゆる道を歩みつづける決意をしている。その目的は、不正を糾し、美しき姫君を救け、病人を治し、弱者を支援し、無知なる者に教えを説き、権勢者を懲らしめ、つましい人々を立ち上がらせることである。これまで世界に存在していたなかでいちばん偉大な遍歴の騎士、いつも活力にあふれるラカンドン密林のドン・ドゥリートは、夜明け前の密林で彼を照らしだしている星を驚かせてきた。彼の華々しき偉業の知らせは世界を駆けめぐっている。そして何百万人もの女性は彼に恋こがれ、ため息をついている。何千人もの男性が敬意をもって彼の名前を呼び、何十万人ものこどもが彼を賞賛している。

ラカンドン密林のドン・ドゥリートは、われわれに彼の遍歴と高邁な思想の一部について披瀝してくれる。さらに、まごつくようなお話をわれわれに語ってくれる。そのお話は千と一つの物語りからなり、われわれを教え導くとともに、メヒコ南東部の山中の数限りない眠れない夜の気持ちを和らげてくれる。

この一九九五年の十二月でドゥリートは十歳になる。今、彼が待っているのは銀河系間協議の結果である。ドゥリートが語ってくれる驚異の出来事にわれわれが驚きつづけるのか。それとも、彼がメヒコ南東部の山中を縦横に走っている無数の小道に姿を消してしまうのか。それを知るために銀河系協議が呼びかけられた。

今日、一九九五年十二月二十五日、もっとも偉大で遍歴の騎士の最良の実践者、ドン・ドゥリートに対して、私は挨拶を送りたい。

反乱副司令官マルコス

メヒコ南東部の山中より

出典—La Jornada, 1996/1/2

18　先住民全国フォーラムにおけるドゥリートのことば

この先住民全国フォーラム〔一九九六年一月にサンクリストバル市で開催〕のオブザーバーとしてある人物が出席していた。しかし、遠慮がちなので、つい先ほど、会議室からこっそり抜け出したところである。その人物は、メヒコ南東部の山々にまたがる遍歴の騎士、高貴なる郷士、きわめて偉大で親愛なるラカンドン密林のドン・ドゥリートである。遍歴の騎士というもっとも高尚で至高なる職業の崇高かつ尊厳ある代表、つねに活動的なラカンドン密林のドン・ドゥリートは、彼の従者と同伴者を務めている私の口から、彼のことばをいくつか述べてほしいと、依頼してきた。

遍歴の騎士たちが実行し遂行すべき約束なので、召集された銀河系間協議の結果を待つ一定の時間中、ドゥリートは沈黙を守らねばならなかった。彼が部屋から出ていったので、私の声はもう聞こえないだろうから、私は言っておくべきだろう。彼の沈黙はきわめて激烈なものだった。私は、勇敢な従者なら誰でもが頂戴できるはずの夜明け前の休息の時間をもらえなかった。

今日の夜明け前、煙草を吸いながら、このフォーラムに参加してくださったことを感謝するため、皆さんに何を言おうかと思案していた時、扉の下からカブト虫によく似た何かが侵入するのが見えた。それがドゥリートと気づくのにさほど時間はかからなかった。

ドゥリートは古いボロボロの外套をまとい、私の好みからすれば彼には大きすぎる帽子を眼深に被り、笏杖を手にもっていた。開口一番、多くの女性のファンを避けるため秘密裡にやってきたのだと、ドゥリートは私に言った。そして、手にしているのは笏杖ではなく、笏杖にみせかけたエクスカリブル、正義を裁く剣であると説明した。

ドゥリートが煙草の袋を取り出すのを注意深く見つめながら、私は言った。

「あなたが回避しなければならない連中は、国家治安要員、連邦検察庁、軍事諜報員、CIA、FBI、そしてこの種の集会に潜り込んでいる連中です」

「急ぐのだ！　私は出発せねばならない。これから言うことを書き取れ」と私に言った。

急いでいる理由を尋ねる間もなく、ドゥリートは次の題のお話をしてくれた。

鹿毛の馬のお話

ある時のことである。黄白色のフリホール豆のような色をした鹿毛の馬がいた。その鹿毛の馬は大変貧乏な農民の家に飼われていた。大変貧しい農民には、これまた大変貧しい妻がいた。彼が飼っていたのは、痩せたメンドリ一羽、足の悪い子豚一匹だった。

ある日、大変貧しい農民のこれまた大変貧しい妻が言った。

「とても貧しいので、もう食べるものがないわ。痩せたメンドリを食べるしかないわ」

そして、痩せたメンドリを殺し、痩せたメンドリで薄味のスープを作り、それを食べた。しばらくの間、腹はもったが、再び腹が減ってきた。

そこで、大変貧しい農民はこれまた大変貧しい妻に言った。

「とても貧しいので、もう食べるものがない。足の悪い子豚を食べるしかないな」

そこで、足の悪い子豚を食べることになり、豚を屠殺し、足の悪い子豚で味の悪いスープを作り、それを食べた。

次に食べられるのは鹿毛の馬の番となった。鹿毛の馬はこのお話が終わるのを待たずに逃げだした。別のお話のために行ってしまったのである。

「お話はそれで終わりですか」と私は不満を隠さず尋ねた。

出かける用意をしながら、ドゥリートは答えた。

「もちろん、終わりはしないさ。鹿毛の馬は別のお話のために行ってしまった。こう言ったのを聞いてなかったのか」

「それから、どうなるのですか?」と私はイライラしながら尋ねた。

帽子を被り直しながら、ドゥリートは答えた。

「何にも起きないよ。別のお話で鹿毛の馬を探さなければいけない」

「ドゥリート、だけど」と私は抗議の気持ちを込めて言ったが、無意味だった。

「もうひと言も話すことはない。私がおまえに話をしたように、今度はおまえが話をするのだ。私は秘密の使命を帯びて出かけねばならない。だから、もうお話はできない」

「秘密の使命ですって？　何の使命ですか？」と私は低い声で尋ねた。

「何と無礼で手に負えぬやつだ。少しもわかってないな。どんな使命か言ったら、秘密でなくなる」

こう言うと、ドゥリートは扉の下から姿を消した。


ドゥリートは一九九五年に終了した銀河系間協議の結果をすでに知っていた。協議の成功は、決定的で、議論の余地はなかった。その協議の偉大な業績や驚異を物語る役目は私に課せられていた。ドゥリートはそのことを知っていた。だから、数多くの不正を糾し、その成果で世界中をびっくりさせるため、ラカンドン密林のドン・ドゥリートは出発したのである。女性のため息、男性の願望、こどもの賞賛を独占している偉大なるドン・ドゥリートは、われわれといっしょに去っていく。あなた方の大多数は彼の再登場を歓迎している。しかし、……この『息苦しい夜のためのお話』のようにいい加減で不思議なお話ばかりを書き綴る役目を拝受している私はちっとも嬉しくない。そのことを私はよく理解している。

出典―La Jornada, 1996/1/10, 1/30

19　NATOへの警告

ヨーロッパに上陸し、征服を開始するという考えをドゥリートは捨てなかった。彼は私を誘ってくれた。しかし、私にはいくつもの疑問があった。彼が準備する船積品はイワシの缶詰ひとつだけのようだった。しかも、ドゥリートは私を連れていきたがっている。だが、それは私を漕ぎ手として働かせるためではないかと恐れている。しかも、女性のものでない湿り気は、どれもこれも私に船酔いをもたらすときている……。

出典―La Jornada, 1996/1/30

20 市民社会という御婦人へ、赤い花を

国内外の市民社会へ

仲間の皆さん

わがサパティスタの同志を代表して、皆さん宛に書くことにする。われわれはともに記憶を保つべきである。そのため、記憶すべきことを記憶するため、皆さんに書くことにする。

統治者が消滅することに関して言を左右している世紀末のこの国において、もっとも重要な主役を務めることになるのは、市民社会という「御婦人」（"señora" sociedad civil）である。すでにドゥリートともうひとりの私は私の上に居座って（ドゥリートは私の右肩に、もうひとりの私は私の左肩の上に侵入している）、市民社会という「御婦人」……をめぐって私のことを批判している。

もうひとりの私は言っている。

「フェミニストのふりなんかするな。おまえのマチスモは誰でも知っている」

ドゥリートは、フェミニストのことではなく、小文字表記であることを批判している。「わがデカ鼻の従者よ、よく知っておくべきだ。遍歴の騎士というものは、この文書のように大文字にしないかぎり、そんなに高い身分の「御婦人」ということばで女性のことを口にすべきではない。女性といっしょの場合（とくに武器を手にする場合）、用心すべきである。それだけではない。遍歴の騎士の至高の役目は、すべての乙女を一人前の御婦人に育て上げるというきわめて気高い熱望以外の何物でもない。だから、この小文字を修正し、婦人、実際には、御婦人は何でも……許すことができるという意識を修正するのだ」

ドゥリートは、マヌエル・バスケス・モンタルバンが意見が欲しいと送ってきた一冊の探偵小説を読みつづけている。

よき従者として、私はドゥリートが言うことに従い、もうひとりの私が言うことに対する慈悲深い判定を待っている。われわれはいったい何の話をしていたのだったかな？

ああ、そうだ。「市民社会という御婦人（"Señora" Sociedad Civil）」の話だった（ドゥリートがまた覗き込んで、「御婦人」のSだけ大文字にすれば十分であり、何もかも誇張すべきではないと言った）。そう、「市民社会という御婦人（"Señora" sociedad civil）」はあちこちで一般化している人権蹂躙に（この一年間）加わってこなかったことについてである……。

追伸――論争しよう。

ドゥリートは赤色の花に熱狂している。闘牛とならんで、カーネーションは遍歴の騎士によく似合うものだと、彼は提案している。根っからの伝統主義者であるもうひとりの私は、バラの花を支持している。私は主張したい。だが、バラもカーネーションも、はるか頭上で輝いている月に勝てはしない。所有はできないが、手にできるあの月より大きな贈り物はどこにもない。

出典—La Jornada, 1996/2/10

21
ドゥリートと副司令官の戯画をめぐる対話

追伸――詩としては凡庸なことを繰り返そう。

私は……「月は、密林の夜の口に生えた乳歯、ひとりで揺れ動く銀製の肩掛け、星という斑点がついているこの漆黒の長髪のための光の髪飾りである」と書こうとしていた。

私は……「汚ないぼろ切れのような雲が月を夜から追い出そうとした」と書こうとしていた。

いずれにせよ、私はこのようなことを……書こうとしていた。しかし、そんなことは誰もが映画で見たにちがいないと思い、私は次のようにだけ書いた。

「大きく広がる部屋のなかで、数ミリバールの取るに足らないような湿り気、わずかばかりの雲、そして南から北への……微風に月は囲まれている」

私が自分のブーツと心を修理していた時、ドゥリートがやって来て、『エル・チャムーコ』〔リウス、ナランホ、エル・フィスゴンなどが主宰する漫画誌」に協力する用意ができていると言った。気が散らないように、私は彼の方を振り返らずに、「それで?」と聞き返した。なぜなら、ため息をつく時と同じように、手に縫い針をもっている時は、皮膚を傷つける可能性があるからである。

「『それで?』とは、なんという言い草だ? おまえは、今、私が芸術的な戯画に専念していることを知らないのか? いったい、何に文句があるのだ? あのウォリンスキーという戯画作家に対して、戯画作家が世界を統治すれば、世界はよくなるだろうと、おまえ自身が言ったばかりではないか?」

「言っただけではありません。それを承認しました。ここメヒコでは、戯画の対象となる人物よりは、戯画作家が統治するほうがましです」

「それはおまえの言うとおりだ。私も賛成だ」

「しかし、戯画作家が統治することと、カブト虫の戯画作家が統治することはまったく別のことではないでしょうか? つまり、私のお婆さんがよく言っていたように、われわれに足りなかったのはそれだけだ! と言いたいのです」と私は口をはさんだ。

「おまえに足りないのは、頭脳と品のあるユーモアだ」とドゥリートは攻撃してきた。

だが、それだけでドゥリートがこの場を引き上げ、私にブーツの(現時点での)修理を終わらせてくれるはずはない。私はじっと黙って最後の縫い目にすべての神経を集中した。

ドゥリートは降参するどころか(彼はサパティスタのカブト虫である)、さらに突っ込んできた。ずいぶん刃の欠けた剣を手にしてドゥリートは言った。

「おまえに品のあるユーモアがあるという説は、機知のカケラもない神話である。おまえはもう夕暮……の段階にある。こう言われても、当然だ」

「それは、『われわれは夕暮の段階にいる』ことでしょう。そのことに関しては、われわれは二人がいっしょにいることを思い出してほしいものです。われわれの評価が上がれば、われわれはいっしょに上がるのです。下がれば、われわれはいっしょに下がるのです」

私はこう返答しながら、(現時点で)最後の止め結びを作った。

「もういい、そこまでだ。だが、『死がわれわれを分かつまで』と言うのをおまえは忘れている。ついでに、思い出させてやろう。知識人連中は、春に関する言及とか、追伸がまったくないとか、おまえのキザな言動を繰り返し批判している。現在までの二年と三カ月のあいだ、おまえに対してこんな批判が繰り返されている」

こう言いながら、ドゥリートは書き物机に座った。

「その言い草は、検閲をするつもりですか?」

こう言いって、私は立ち上がると、ブーツを地面に叩きつけた。ブーツがうまく修理できたかを確かめるとともに、戦争、つまりブーツに踏みつぶされるという悪夢がまだ終わっていないことをドゥリートに思い出させるためだった。自分のことがそれとなく言われているのに知らぬふりをして、ドゥリートは書き物机に一枚の長い羊皮紙を広げ、パイプの煙のあいだからそれを眺めていた。しばらくして、ドゥリートは私にむかって言った。

「ああ、私の青白いデカ鼻の従者よ! 何もわかっていないな! 検閲ではなく、品のいい趣味であるかという問題である。このふたつを取り違えてはならない。それをちゃんと理解するのだ。キザと至高のものを分ける壁は、おまえの軍帽についているクモの糸よりずっと細いのだ」

実際、私の軍帽の色褪せたが敬意を払うべき星型記章のあいだで、場ちがいにもクモはハンモックを編んでいた。ほんの少しだったら我慢できたものの、クモは私の鼻にまで巣の領域を拡張しようとしていた。そこで、私は私自身の「もう、たくさんだ！」を叫んだ。私の至高のくしゃみとともに、クモは空中へ飛んでいった。ドゥリートは大笑いをした。

くしゃみを繰り返しながら、私は質問した。

「ところで、知識人たちの批判的な文章を読む以外に、どうすれば自分がキザなことや至高のことを書いている時を知ることができるのですか？」

「とても簡単なことである。おまえが書いているのは、いつもキザなことばかりである。私が書いているのはつねに至高のことである。おまえが『愛』と書く時、おまえのかたわらにはイラプアトの先導兵［イラプアト生まれのサムエル・ルイス司教］がいる。一方、私、偉大で至高の存在であるラカンドン密林のドン・ドゥリートが『愛』と書く時には、嵐と難破を告げる稲妻を伴っている。これは美学に関するあらゆる学術論文に記されている基本的なことである」

こんなことを言いながら、ドゥリートは羊皮紙になぐり書きをした。返事をする代わりに、私はくしゃみをしながら、次のような詩を書いた紙キレを隠した。

「腰から裂けた月が誕生することを記したり、腹部が告知している小麦を約束したり、これから誕生する生命を懐胎するためではない。おまえの腰は私が抱きしめるためだけに存在する」

173………21　ドゥリートと副司令官の戯画をめぐる対話

上空からは雨が……ザンザンと降っている。

追伸—約束したことは実行しよう。

ドゥリートはナランホとモンシバイス宛てに戯画を送った。ところで羊皮紙はどこに？　ちょっと後になって、私はそれを手にした。それに次のような指示が読み取れる。

『ドゥリートと鏡』の謎々を解くための、予備の、暫定的で、無視され、予見され、予想できる未熟な指示

(1)　カルロス・モンシバイスへの書簡という体裁を装っている無秩序な錯乱した副司令の文章が掲載されていた『週間ラ・ホルナーダ』の頁を開ける。よく注意しながら、紙面の四つの角が四方向、つまり、右上は南、左下は北、左上は東、右下は西を指すように、地面に広げる。

(2)　（下手なのにまだ脱いでないなら）靴を脱ぐ。そして裸足になり、広げた新聞紙のちょうど中央に立つ。

(3)　今度は「私の轍の下にある坂道、過ぎ去り幻影よ……云々」という題名のタンゴの曲を口笛で吹きながら踊る（下手でもかまわない。われわれは謎々を解いているのであり、著名な前大統領［サリナス前大統領］の前で歌うためのオーディションをしているのではない）。

(4)以上をやった後でも新聞紙が破れていなかったら、紙製の小さな船か飛行機を作る。
(5)紙製の小さな船を作ったら、船酔い止めの薬を飲み、あなたの好きな湿気を求めて出航する。
(6)紙製の小さな飛行機を作ったら、めまいを避けるために眼を閉じて、あなたの好きな湿り気がもっている悪臭で首を吊る。
(7)今度は、コンピュータのスイッチを入れ、お気にいりのゲームを楽しむ（コンピュータがないなら、算盤でも代用できる）。これだけでは謎々を解くことはできない。そのことはよくわかっている。でも、ほんの少しの時間だけど、楽しめるだろう。

さて、今のところ、以上ですべてである。この謎々の解答を後記の銀河系間通信のためのわれわれの住所に送付することを忘れないでください。

宛先はメヒコ・チアパス州、メヒコ南東部の山中、ウァパックの葉、六十九番地。

出典―La Jornada, 1996/3/22

22

新自由主義―できの悪い……劇画タッチの歴史

EZLN、メヒコ、一九九六年四月六日

アメリカ大陸ラ・レアリダーにて

人類のため、新自由主義に反対するアメリカ大陸集会

私は月がゆっくりとしぼんでいくのを眺めていた。その様子は、別れが近づくとしだいに活力が萎えるかのようであり、空気を引きとめることに疲れきった古ぼけた風船がしぼんでいくのにそっくりである。夜はあまりにも長いあいだ歩みつづけた。夜のヤスリに磨がれつづけたため、月の刃は摩滅してしまった。月から放出された金屑は、星にでもなったのだろうか。

こんなことを考えていたため、アメリカ大陸集会の会議の席上で新自由主義について話す内容について、私は何も考えることができなかった。われわれがそのような約束をしたことは知っていた。しかし、私はそのことを考える気になれなかった。そこで、私は月を眺めながら、月をしぼませている歪みが、いったい何を予告し、何を隠蔽しているのかを占おうと

した。私は、誰かが「気まぐれな無責任」と診断するにちがいない精神状態に陥っていた。

その時、私の鼻に何やら黒く輝く物体が落ちてきた。その物体は私の両足にぶつかり、足元にたどりつくと、私のズボンを登りだした。それが右膝に到達する前に、私は一匹のカブト虫と思われる姿を判別できた。右手についている延びきったクリップ、右手に握っているビンの栓、ベルトに差し込んでいる小枝、頭に付いているカカテの殻ではなかった。そのことだけは確かだった。私はカブト虫と判断するしかなかった。額の中央に突き出ている一本の角で、一角獣と混同する可能性もあったと言えたかもしれない。だが今夜は、月によってわれわれの眠気は取り払われ、一角獣と間違える可能性はまったくなかった。

私は激しいくしゃみに襲われた。それによって、自分が混乱していたことをはっきりと告白してしまった。完全に混乱していることがわかると、いつも私は激しいくしゃみに襲われるのだった。引っきりなしにしゃくり上げる様子は、大小の……薬剤師の笑いや喜びを呼び起こしたものである。くしゃみのひとつは、膝から三センチメートルのところに到達していた物体に正面から襲いかかった。物体は地上に落ちたが、再び登りはじめた。今度は左足だった。完全にすり減った月が雲をあちこちに放り出すさまを気晴らしに眺めながら、私は何も知らないふりをした。だが、すぐさま私を呼ぶ声が聞こえた。

「見ただろう。右側はいつも墜落する。左側は労力を要するが、結局は上にまで到達できる」

それはこのアメリカ大陸集会に出席した何人かの発言者の声であった。彼らの話し声の一部が風に巻き込まれて運ばれ、月や星屑のことだけ考えていた私の頭の真上に落ちてきたのだ。こんなふうに私は考えていた。何かが私の首筋を刺し、私の左肩に……ドゥリートの姿さえ発見しなければ、私はこのきわめて論理的な説明に満足できたはずである。

ドゥリート第Ⅸ部――新自由主義――できの悪い……劇画タッチの歴史

ドゥリートは私の首筋に何度もクリップの先を突き刺しながら、「おまえに言っているんだ。お馬鹿さん」と言った。

「これはクリップではない。何も知らないのだな。この平民よ。これは巡歴の騎士の立派な槍だ」

こう言いながら、ドゥリートはクリップ、いや失礼、槍を脇に置き、パイプを取りだし、煙草に火をつけた。やっと発言できる番がきたので、私は言った。

「ドゥリートだったの。来てくれてよかった。実は深刻な問題を抱えているんです」

「ちょっと待て！」と憤慨した様子でドゥリートは言った。

「いったい、ここでは何時から、主人にして領主である巡歴の騎士に向かってそんなに不遜で対等な形で話しかける冒瀆行為が従者に認められているのだ？　蒼白な顔をしたデカ鼻の狡猾な奴よ。おまえに巡歴の騎士の聖なる法について教えたことを忘れたのか？」

蒼白な顔とか、狡猾と言われ、私はムカッときた。ただし、デカ鼻のことは別だ。生まれつきだから、恨んでもしかたない。私は抗議しようとした。

「しかし、ドゥリート……」

「『しかし』も『ドゥリート』もいっさい駄目だ！　私は偉大にして至高なるラカンドン密林のドン・ドゥリートさまである。巡歴の騎士の誇り高き模範、究極の正義の味方、女性であることを自認しているすべての女性の欲望の的となっている褐色の存在、すべての誠実な男性が目標としている至高の存在、こどもたちの英雄、老人たちの慰め役、最良にして唯一の存在である」

　このように宣言しながら、ドゥリートは、小枝、失礼、彼の剣である「エクスカリブル」のさやを抜き、胸をはずませ、腹を突きだした。おっと失礼、私の言いたかったのはその逆である。正直なところ、ドゥリートのどこが胸で、どこが腹かを区別するのはとても難しい。さて、ドゥリートがほんとうに憤慨しているのがわかった以上、彼のご機嫌をとる策に出るのが望ましかった。

「それじゃ、あなた、いや失礼、貴殿には、さきほどの修飾語すべてを付けて呼び掛けねばならないのですね？」

「そうだ。しかし、今日は、度量があり寛大な気持ちで目覚めた。だから、私を『ドン・ドゥリート』、あるいは『ご主人さま』と略して呼んでもよい」

　平民と貴族の関係にふさわしい敬意を込めて、私は言葉をつけ足した。

「承知しました。ドン・ドゥリート、つまりご主人さまに申し上げたいのは、私の心が痛み、私のキリリとした視線が動揺で曇るような深刻な問題を抱えているということです」

「よろしい、それでよい」

　こう言うと、ドゥリートは私のシャツの襟の縁に腰を掛けた。その場所は、私の視野から逃れ、状況や彼の気分しだいで、私を槍で突き刺し傷つけるには絶好の位置だった。

「さて、おまえのような単純な精神をそれほどさいなむ問題とは何だ? 恋の病か?」

「いいえ、違います」と私はきっぱり答えたが、一抹の疑問を感じて次のように言った。「それだけではありません。むしろ、申し上げたいのは、つまり、はい、実際には別のことです」

それは私の態度があいまいなことを印象づけた。苛立ったようにドゥリートは言った。

「もういい。グチャグチャ喋るのはやめろ。チューインガムを口から出せ」

私は書類の束を取り出しながら言った。

「人類のため、新自由主義に反対するアメリカ大陸集会の講演原稿を書かなければならないのです。それに関して論じるテーマを見つけられないのが問題なのです。作成したい草稿のいくつかはここにあるのですが」

ドゥリートは私から書類の束をもぎ取ると、イライラしながらも執拗に点検しだした。

ドゥリートは、パイプをくわえ、「ふーむ、ふーむ、ふーむ」とつぶやいた。彼が「ふーむ」とつぶやく場合、どんな意味があるかを私はよく知っていた。私は咳をして、ドゥリートに急ぐよう要求した。ドゥリートは小さな傘を取り出しただけで、草稿を読みつづけた。黙り込んだまま、しばらく彼は私をじっと見つめていた。

「それで、いいでしょうか?」と私はイライラしながら彼に尋ねた。

「『悪いでしょうか?』と質問すべきである」

こう言いながら、ドゥリートは続けた。

「読み書きのできない私の従者よ。おまえの散文はひどい出来だ。おまえが私の同僚シラノ・ド・ベルジュラックに似ているのは、おまえが鼻の付属物としてもっている常軌を逸した突起物だけのようだな。その大きさに関しては、おまえのほうがベルジュラックに明らかに勝っていると認めるのが、公正というものだろう」

ドゥリートは直前に相談した悩みのことをすっかり忘れていた。そのことを強調するため、私は咳をしながら言った。

「そのような突起物については、お互い話題にしない方がいいのではないでしょうか。高名なるわが騎士さま」

「よろしい。鏡のことを話題にする時間や方法がないのは自明である。だから、先を続けよう」

こう言いながら、ドゥリートは傘をしまい、石綿製の服を着た。

「ふーむ、この経済に関する部分はあまりにも政治的すぎる。文化の部分は経済的すぎる。政治の部分は文化に偏りすぎている。社会の部分は社会とほとんど関係ない。ここにあるものはなんの役にも立たない！」

私はイライラしながら再度尋ねた。

「そのことはわかっています。どうすればわれわれは問題を解決できるのか。それが質問なのです」

「心配するな。史上でもっとも偉大で驚異的な正義の味方がここにいる。誰もが知っている未熟さゆえに陥っている窮地から、おまえをちゃんと救出してやる」

ドゥリートはこう言うと、彼の心臓にもっとも近い排泄口に私の書類を捨ててしまった。

新自由主義と同じように、私の原稿が難破する様子を目のあたりにしながら、恨みと恥ずかしさのあまり、私はドゥリートに次のように言った。

「私のご主人さま。ジレンマはどのようにすれば解決できるのですか?」

「きわめて簡単だ。アマゾンの偉大な呪術師から贈ってもらった魔術的な秘薬を私はもっている。その秘薬には驚嘆すべき効能がある。つまり奇跡を起こすのだ」

こう言うとドゥリートは自分の甲羅からシェリー酒のビンを取り出した。私は尋ねた。

「その液体を飲めば、新自由主義がわかり、よい代替案が構築できるのですか?」

「もちろんだ! この液体はどんな甲羅でも光り輝くようにできる奇跡を起こす秘薬である。私の容貌をさらに見栄えあるものにしたため、尊敬されている人までもが怒りだしたという代物だ」

こうと言うと、ドゥリートは液体を剣に振り掛け、自分のものにした私のパリアカテで液体を拭きとった。巡歴の騎士の礼儀作法を完全に無視して、私は尋ねた。

「だけど、ドゥリート……、あなたの甲羅の輝きは新自由主義といったい何の関係があるのですか?」

ドゥリートは一五〇〇万匹のダニと四頭の雌牛以外には聞き手がいない放牧場に向かって言った。

「ああ、静粛に! みんな注意して聞け! 急げ! 紙と鉛筆を用意せよ! 私がこれから話すことを書きとめるのだ!」

ドゥリートは大きな声で言うと、見たこともない眼鏡をつけた。弾薬帯の弾を即席の説教壇にして、われわれを鏡に見立て、原稿なしで話しだした。

「むさくるしい私の従者よ。歴史は、記憶によって代表されているため、新自由主義においてはお荷物になる。大学院の研究者は忘れ去られてしまう。権力の陳腐さに関する詳細な統計が、研究や崇高かつ深遠な論文の対象となる。権力は歴史をできの悪い劇画に変えてしまう。御用社会科学者は馬鹿げた権力擁護論を構築する。しかし、その理論的足場が非常に複雑であるため、自分の愚かさとか卑屈さを知性や客観性のあるものに偽装しようとする。新自由主義の劇画においては、権力者は権力をもつからこそ英雄である。そして、平民は排除できる存在であり、『バラ売りできる』存在である。平民とは黒人、黄色人、チカーノ、ラテン系住民、先住民、女性、青年、囚人、移民、痛めつけられた者、ホモセクシュアル、レスビアン、周縁化された人々、老人、そしてとくに反乱者である。権力の劇画において価値ある出来事とは、最優先すべき利潤指数が設定されている電子計算機の用紙のうえで計算できるものである。それ以外のもの、とくに利潤に悪影響をもたらすものは、すべて完全に排除できる。

権力の劇画においては、あらかじめすべてが予測され、解決されている。悪いものは悪いものであり、権力をよいものとして際立たせるための存在でしかない。善と悪との倫理的な均衡は、権力と反乱者との非倫理的な均衡へと変貌する。権力にとっては金、反乱者にとっては尊厳が大事なものである。自らの劇画のなかで権力が構想しているのは、矛盾が存在しない世界ではない。すべての矛盾を統制し、権力が喚起する社会的な恨みを緩和する排気弁として管理できる世界である。権力は、尊厳が理解不能、計測不能なものとなっている仮想現実を劇画のなかに作り出す。理解できず、計測できないのに、価値や重要性をもつものが、そもそも存在するのか？　つまるところ、尊厳は金の力に打ち負かされざるをえない。とすると、尊厳が存在していても、『何ら問題はない』。金は尊厳を買い取り、それを権力の市場法則に基づいて、流通する商品へと変える任務を引き受けるだろう。しかし、この権力の劇画は、劇画、すなわち現実を馬鹿にした劇画そのものである。つまり、できの悪い劇画である。尊厳は市場法則を逃れつづける。それが意味をもつ場所、心のなかで重要性や価値をもちはじめている……」

ドゥリートは深々とお辞儀をした。コオロギは盛大な拍手をずっと続けた。要するに、よい演説だった。私もひとこと感想を言おうとした。

「いいですね。なか味が濃い……」

「静粛に！　陳腐でとってつけたような発言で、私の芸術をだいなしにするな」

眼鏡をはずしながら抗議した後、ドゥリートはさらに言葉を続けた。

「すべて残らずノートに書き取ったか。この華麗な私の論文はおまえを苦境から救いだす一助となるにちがいない」

何も書き取っていないことを隠すため、私は言った。

「頭が混乱してきたようです」

ドゥリートは諦めきった口調で言った。

「仕方ないやつだ。おまえの理性には限界がある。そのくせ、おまえの鼻ときたら限界がないのだ。この問題は以上である。では、最近の出来事について報告してくれ」

私はメモ帳を取り出すと、直立不動の姿勢で報告した。

「動力化された蛇「チアパスの反乱先住民共同体を支援する資金を集めるために結成された音楽グループ『車椅子の蛇』を指す」は、ラ・レアリダーの電化を提案したいと言っています。最初に設置されるのはおそらく……電気椅子で、『悪口』をほざいている連中を全員処刑する準備ができているようです」

「おお、サンチョ、未熟きわまりない！」とドン・ドゥリートはつぶやいた。

「おまけに、昼も夜も眠ることのない蛇の最良の音楽家とは、クラクションしか演奏しないエル・ファマであるという噂が、このあたりで広まっています」

こう言いながら、誰かが私を焼き殺そうとするのに備え、私は弾薬帯を切っていた。

「『今日は運転禁止』という名のこの蛇に欠けているのは、私こと、偉大なるドゥリートのヘビー・トラックが芸術面の指導者として参加することだ」

「そうすれば、連中も演奏のやり方を学習するでしょうか？」

こう尋ねながら、巻き戻しをすべき事態に備え、私はタンゴ曲「印の付いた手紙」のハード・バージョンを用意した。

「そんなことは考えたこともない。きっと、演奏会場は『ドゥリート・ダンス』と呼ばれる私の踊りを称賛したくてたまらない客で一杯になるはずだ。私の華麗な動きを逃すことなく見ておけ」

このように言うと、ドゥリートは発作を起こしたように動き始めた。今は変装ごっこをして遊んでいる時間ではない。われわれは人類のため、新自由主義に反対する集会における発表の問題を解決しなければならない。偉大ではあるが、あまり落ち着きのないラカンドン密林のドン・ドゥリートに、私はそのことを思い起こさせた。

「エヘン、エヘン」とドゥリートは咳払いし、面頬つきの兜をかぶり直し、時に応じてギター、ピアノ、ドラム、シンセサイザーになっていたエクスカリブルをさやに収めた。クリップはスタンド式マイクではなく、巡歴の騎士の恐ろしい槍に戻った。

「そのとおりだ。この世界の味気ない日常に戻らねばならない。おまえの無能ぶりは前から承知している……」

こう言いながら、ドゥリートはどこからか数枚の紙を取り出した。ドゥリートは私の前で原稿をひらひらさせながら言った。

「これが私の発表原稿だ。五百万部ほどコピーして、ラ・レアリダー全部に配るのだ」

彼の原稿をめくりながら、私は言った。

「あなたの言っているラ・レアリダーがラ・レアリダー共同体のことなら、コピーをたくさんしなければいけません。だけど、実際の現実（ラ・レアリダー）のことなら、コピーは少なくてもいいですね」

その原稿の表題は次のようになっていた。


「このラ・レアリダーの集会のような集会を引き起こすことになる民営化、緊縮財政やほかの経済的諸施策がもりだくさんとなっている時期における労働者の財布のように痩せ細りはじめている月が東の空に見えている、南東部時間で一九九六年四月六日の午前一時三十分という決定的な状況において、新自由主義という超歴史的で、超繊細なラセン状の基盤に関する基礎的な最初の考察に独創的に接近するための最初の基盤として、最初の分析のための保障となりうる諸要素」（一七、九八七部のうちの最初の部）

講演自体はきわめてまとまりがよい。実際、次の一文だけである。

「新自由主義におけるグローバル化の問題とは、地球が破裂することである」

それを読んだ後、私は頭をかきむしった。ドゥリートはそわそわしている。

「どうかね？　どう思う？」

「そうですね。何と言ったらいいでしょうか」と私は警戒しながら答えた。

「少なくとも認めねばならないのは、テーブルのコーディネーターはこの総括に論戦を挑んでこないことは確実です」

「まったく、そんなことをするはずがない。われわれとしては何ら賛美を出し惜しむ必要はない。おまえが心配することもない。私の謙虚さはよく知られている。この発表は、理路整然として、説得力にあふれ、啓蒙的で、物事を明確にし、反論の余地のない決定的なもので、最終的な定義を下すものである。このようにおまえは断言できるはずだ。さらに、次のように付け加えられるだろう。おまえは新しい科学的なパラダイムを目の前にしているのである。ノーベル経済学賞を誰が獲得するのかはもはや秘密ではない。新しい科学が誕生したのである。ドゥリート主義は経済学におけるすべての学問水準やモデルを革命することになる。今後、世界の歴史はドゥリート以前とドゥリート以後に分けて研究されるだろう。おまえは唖然とし、呆気にとられ、光を発している。以上にしておこう。というのは、誇張しすぎてはならないからだ。そうだろう？」

私は慌てて答えた。

「はい、私も誇張しないほうがいいと思います」

「よろしい」と言うと、ドゥリートは私のアゴ紐のひとつを伝って降りだした。

「今一度、私は退出しなければならない。これから演奏が始まるから。知っていると思うが、私は出演しないが、演奏は車椅子の蛇で始まり、パンクしたタイヤで終わる」

ドゥリートは行ってしまった。上空では、広がったスカートの形をした雲のなかに入りこんだ、月の発する赤い色によって、雲の縁はまだらに染まっている。地上には、夢を見ている男と女がいる。多くの人がその存在を祝っている。終わったかのように、続いているかのように、そして……始まるかのように、私は息を吸いこんだ。


では、お元気で。みなさん、悲しまないで。

月と希望はいつも戻ってくる。どちらも降伏するのか？ けっして、そんなことはない！

反乱副司令官マルコス
メヒコ南東部の山中から

出典―La Jornada, 1996/4/10

23 自由とは

追伸——ドゥリートは言う。

自由は明日のようなものである。それがやってくるのを寝ながら待っている人がいるかと思えば、それを手に入れようと、夜も寝ずに歩んでいる人もいる。

そして、私は次のように言いたい。サパティスタとはすべての歴史が必要としている不眠症患者である。

出典―La Jornada, 1996/5

24 ドゥリートにクルミ入りアイスクリームを

追伸——「私のカブト虫にクルミ入りのアイスクリームを！」

このキャンペーンをしてくれる奇特な人はいつになったら現われるのだろうと、ドゥリートはつぶやいた。韻を踏んでいないですよと、私は指摘した。すると、クルミ入りのアイスクリームのためなら、韻律に関しては、ある程度の気ままも許されると、ドゥリートは返答した。

私は彼に煙草を手渡した。

「同じ味がしないな」とドゥリートは不機嫌そうに言った。

だが、パイプに煙草をつめ、火をつけると、ドゥリートはまた書きはじめた。

「何を書いているのですか？」と私は尋ねた。

「ああ、びっくりすることさ」と一枚の紙で雨を凌ぎながらドリートは答えた。

出典—La Jornada, 1996/6/9

25　ドゥリートとブレヒトの共同発表

七月は六月の夜から受け継いだ湿気を寄せ集めている。しかし、か弱いながらも太陽の光は昼間の灰色の空に姿を現わしている。長期間の不在に慰められたかのように、月はセイバと泥を懐かしく思い出している。無駄となった軍事用探査衛星は退屈して、これ見よがしにあくびをしている。かすかに見える下界では、男や女が話しあい、耳を傾け、歩いては転倒し、そして再び歩き、探している。彼らは多くのものを探している。探しているものを見つけようと探している。その探索はどうも楽しいようだ。連中のなかに何ら特別のものは見当らない。普通のありきたりの男女である。よろしい。連中のなかにひとりだけ特にデカ鼻の者がいる。しかし、この細かい点を除けば、すべてが普通である。権力は安泰であると、われわれは断言できるだろう。特別に危険なものは何ひとつ見つかっていない。武器類は何ひとつ見つかっていない。ことばしか見つかっていない。よろしい。今日は男や女が、昼も夜も徹して語りあう、いつもどおりの普通の日となるにちがいない。

ちょっと待て！　みんなが副司令と呼んでいる男の扉のすきまから侵入しているのはいったい何だ？　ゴキブリか？　いや、ちがう。探査衛星の強力な電子機器はあらゆるデータを解析しはじめた。大きさ、重量、素材の構造、その形状、移動の速度、移動やリズムなど、この複雑なソフトウェアが高価な値段を正当化するために組み入れたさまざまなデータである。宇宙を漂うコンピュータは数秒間でデータを確認すると、権力やそのよき習慣を脅かすおそれがある仮想敵の全データが収められている巨大な記録の照合にとりかかった。ただちに警戒警報が鳴り響き、赤色の警報ランプが点滅しはじめた。画面上にはっきりと「最高度に危険！」というメッセージがなかったら、警報ランプをクリスマス・ツリーと思った人もいたかもしれない。コンピュータの制御システムのすべてが怯えきっているようである。強大な資本は傲慢にも極端な防衛計画を発動させている。金融の中心地では史上最悪の破滅が記録されている。重武装した軍事部隊は苛立ったように国境全域で配置についている。何が起きるのか？　画面全体にその答えが現われている。

「最高度の危険！　ドゥリート！　最高度の危険！　ドゥリート！」

ドン・ドゥリート、正義の味方の「D」、カブト虫、緊急の「E」、遍歴の騎士、そして最高度の危険！　の「A」と書いてある［DEAは米国の麻薬対策局の略号］。

「あの探査衛星はまぬけな奴だ」

ドゥリートはこう言いながら、雨合羽を脱いだ。地面には小さな水溜まりができた。

「私をゴキブリと混同している」

ドゥリートは私の片方の肩に座ると、小さなパイプに火をつけた。そして、尋ねた。

「何を読んでいるのだ？」

私は返事をせず、ベルトルト・ブレヒト、『暦のお話』、一九××年五月十九日、水曜日と書いてあるタイトルページを彼に見せた。

「おっ、わが同志ベルトルトか」

こう言いながら、ドゥリートは私のリュックを探った。私は本を閉じながら尋ねた。

「ところで何を探しているのですか？」

「煙草だよ」とドゥリートはぶっきらぼうに言った。

「煙草ならありません」

私は嘘をついた。しかし、無駄だった。ドゥリートは黒い煙草の入った袋を見つけ、自分の鞄袋をいっぱいにしはじめた。

「それじゃあ、どうしてここに来たのかを教えてください？」

大演説が進むにつれ、ドゥリートの身体は変化しだした。

「私はラカンドン密林の偉大なるドン・ドゥリートさまである。わがシッドの生き写し、幸いにも剣を身につけた人物である。あらゆる年代において女性の口には出せない情熱的な夢を独占している男である。わが歩みを目のあたりにした男たちは頭をうなだれ、自らの不完全さを認識する。私はこどもの想像力のなかにおいて新自由主義が占める領域を小さくしてしまった英雄である。私は幸運な人物である。私の剣は、ドン・ロドリゴ・ディアス・デ・ビバール［エル・シッドの本名］、ミナヤ、マルティン・アントリネス、ペドロ・ベルムデス、ムニョ・グスティック［いずれも騎士道物語の登場人物］の武勲を凌ぐだろう。私はアイルランドにいる悪党「前大統領サリナス」が恐れ、マンハッタンに隠れ住む盗人「PRI幹事長フランシスコ・ルイス・マシューの殺人事件で隠蔽工作をしたという実弟マリオ・ルイス・マシュー、一九九九年九月十五日自死」が苦悩する種となっている。私はよい時に生まれた。行先も理由も定めずさまよう不幸なデカ鼻の従者にとって、私は最後で最初の希望となっている。私は……」

「ゴキブリと混同されかねないカブト虫である」

私は恨みをこめて言った。ドゥリートは演説を止め、面食らったように私の方を振り向いた。煙草を一服した後、ドゥリートは私に尋ねた。

「おまえ、どうかしたのか？」

私は恥ずかしそうに答えた。

「民主主義への移行における文化と通信メディアという部会で発表しなければならないのです。だけど、まったく準備ができていません」

「ああ、そのことなら知っている。おまえは深刻な問題に直面している。時代錯誤の傲慢さのために、おまえは遍歴の騎士の荘厳な芸術が有する最良で至高のパラダイムを思い出すことができないのだ。私に相談するがよい、象のようなわが従者よ。どうして、不安がおまえの窒息状態の胸に届くまで放置していたのか？　哀れな者を助けるためになら、賢明なる運命は次の美徳を兼ね備えた人物を人間のなかから選びだしてくださる。そのことをおまえは知らなかったのか？　才能、勇気、高潔さ、親切、知性、大胆さ、そして……」

「堅牢な甲羅ですか？」と私は合いの手を入れた。

というのは、遍歴の騎士に必要とされ求められる美徳について話しだすと、ドゥリートは何時間でも喋りつづけることを知っていたからである。一方、誰もが知っているように、部会の発表時間は数分に限定されていた。ドゥリートは演説をやめた。私の仕掛けた罠にはまったのである。

「そうだ。すべての遍歴の騎士は華麗で堅牢な甲冑を必要とする。そのことは誰もが知っているはずだ。しかし、賢明なる自然がそのことを考慮しなかった理由が私には理解できない。ところで、私は何を話していたのかな？」

「民主主義への移行における文化と通信メディアという部会で私が発表するのを手伝っていただけるようですが」と私は彼を急き立てた。

ドゥリートは口ごもりながら言った。

「そうだな？　よろしい、そうだろう。無知な従者は主人を欺くことなどできない。私はそう確信している」

「けっしてそんなことはいたしません。私のご主人さま」と私は恭しく答えた。

「よろしい。そんな途方もないテーマに関して、おまえが発表するにふさわしいネタがあるかな？　ちょっと検索させてくれ」

こう言うと、ドゥリートは私の肩から降りて、机の上に登った。ドゥリートは自分の甲冑？　から極小コンピュータを取り出した。私はたまげて質問した。

「えっ、コンピュータをもっているのですか？」

「もちろんだ！　この無頼のやからめ。われわれ遍歴の騎士はてきぱきと仕事をするために自分自身を近代化していかねばならない。とにかく口を差しはさむな」

こう言うと、ドゥリートはキーを叩きつづけた。私はひと寝入りすることにした。満月が天空を駆け終わった後も、今夜は誰かが原稿を書いていた。やがて、私は悪夢で目が覚めた。家庭の福祉、社会の平和、腐敗の撲滅を中心とした巧妙な選挙キャンペーンを繰り広げた結果、セディージョが二〇〇〇年にも大差をつけて再選されるという悪夢を見てしまったのである。びっくりしてあたりを見回した。小さな机の上でドゥリートは相変わらずキーを叩いていた。何度もあくびをしながら、私は彼に尋ねた。

「発表を行なうのにいい材料が何か見つかりましたか?」

極小コンピュータの画面をじっと見つめたまま、ドゥリートは聞き返した。

「発表だって? 何の発表だ?」

私は腹立ちまぎれに言い返した。

「何の発表ですかって? もちろん民主主義への移行における文化と通信メディアという部会での発表です。コンピュータで検索していたのではありませんか?」

「コンピュータで検索していただと?」

ドゥリートはオリビオの口真似をして言った。それは質問ではなかった。私の方を振り向きもせず、ドゥリートは続けた。

「もちろん、ちがう! コンピュータ・ゲームをやっていたのだ。カブト虫が軍のブーツを打ち負かすプログラムを贈ってもらったのだ」

私は泣きたくなった。

「だけどドゥリート、もし部会で何も発表できなかったら、コーディネーターの会合で八つ裂きにされてしまう。前から発表するように通告されていたのですから。クスン……クスン……クスン」

「まあ、まあ。心配するな。深刻な事態からおまえを救出する方法はとっくに考えておいた」

こう言って、ドゥリートは手のひらを肩にかけ私を慰めてくれた。私は一縷の望みを抱いて尋ねた。

「では、発表原稿を書いていただけるのですね?」

「いや、とんでもない! コーディネーターたちがおまえをあまり強く殴らないようにという上申書を作成してやってもよい。いずれにせよ、現在は平和的な方法を強化するという流れのなかにわれわれ全員がいるのだから」

私は諦めてため息をついた。ドゥリートはしばらく私を見つめて言った。

「いいから、そんなにしょげるな。発表原稿ならここにある」

ドリートは数枚の原稿を取り出し、私に見せてくれた。気にしていたことを誤魔化せないまま、私は原稿を受け取った。そして感謝の意を表明するため、たどたどしく言った。

「どうも、ありがとうございます。ドゥリート! わからないでしょうね。どんなに感謝して……! ちょっと! どうして、この発表原稿にはラカンドン密林のドン・ドゥリートとベルトルト・ブレヒトの署名があるのですか?」

「どこがおかしいのだ?」

再びパイプに火をつけながらドゥリートは尋ねた。

「一度も共同発表を聞いたことがないのか? いいか、これは共同発表のひとつだ」

「だけどドゥリートト。ベルトルト・ブレヒトは何年も前に死んでいます」と咎めた。

「正確には四十年前だ。そんなことは知っている。第二次世界大戦の終了時に発表するため、われわれは論文に着手していたのだが、まだ終わっていない。いいかいね。ベルトルトは私が読み上げたものを筆記していただけである。そのことをおまえに言っておきたい。それは今君がしている行為とどこかよく似ている。しかし、ことの詳細を公表してはならない。彼の生誕九八周年が祝われているのに、ベルトルトのいくつかの文章が実際には私のものであることが判明したらまずいだろう」

「ドゥリートってば……」と私は疑念と非難を込めて言った。

彼はとぼけたふりをした。

「何も言わなくていい。何も。世界の文化が私に負っている恩義を公表することにこだわらなくともいい。われわれ遍歴の騎士は謙虚であらねばならない。だから、この発表が私だけのものであると言ってはいけない。ここに二人の合作と書いておいた。ついでに、共同作業の内容を正確にするため、一九四九年に公表したテクストと、先ほど私が書き加えたテクストを別々に分けて発表することにしておこう。それでは、失礼させてもらい、おいとますることにしよう。この寒くて眠られない夜、私の力強い腕に救いを求めている乙女がいないかを見て回らねばならないのだ」

私の抗議を遮って、ドゥリートは扉の下へと潜り込むと、再び世界のあらゆる権力を揺るがしはじめた。私は気になって発表原稿に目を通した。説得力のある題がついている。

ベルトルトとドゥリートによる共同発表

知識とは、世界を知ることではない。よりよいものになるために歩むべき道を洞察することである。その理由が説明される。

トラスカラ州の女の子、ダリアちゃんとマルティナちゃん、そしてサパティスタの嫌疑で投獄されている人たちに捧げる。

第一部――もしフカが人間だったら、どうなるの？　この問いにベルトルトは答える。

下宿の女将さんの幼い娘がコイナー氏に尋ねた。
「フカがもし人間だったら、ちっちゃなお魚さんたちにもっと親切にするかしら？」
「ええ、しますとも」とコイナー氏は答えた。
「フカがもし人間だったらね、ちっちゃなお魚さんのために、海のなかに大きな生け簀を作って、植物や動物のあらゆる種類の食料を生け簀のなかに入れておくでしょうね。生け簀にはいつも新しい水が入ってくるように注意し、衛生的な手段もいろいろ尽くすでしょうね。たとえば、お魚さんがあまり早く死んでフカの損にならないようにね。お魚さんがふさぎこまないように、時には盛大な水中祭りをするかもしれないよ。だって、陽気なお魚さんのほうが、悲しがっているお魚さんよりはおいしいはずだからね。

大きな生け簀の中にはもちろん学校もあるはずだよ。その学校では、お魚さんはあんぐり開いたフカの口のなかで泳ぐ方法も習うでしょう。また、どこかでブラブラとうろつき回っている大きなフカを発見できるように、地理の勉強もしておかなくてはなりません。何よりも大事なことは、言うまでもなく、お魚さんの道徳教育でしょう。お魚さんにとっていちばん偉大でいちばん美しい行為は、喜んで自分を犠牲に供することであることが教えられるでしょう。お魚さんはフカを信用しなければならない、とくにフカがお魚さんの美しい未来を世話しているのだと言われたら、とにかく信じなければならないと教わるでしょう。お魚さんが従順になることを習得すれば、美しい未来は保証されていると思い込まされるでしょう。物質主義的で、利己的で、マルクス主義的な傾向などの卑しい感情はすべて警戒しないといけません。もし、お魚さんのうちで一匹でもそのような傾向を見せる者がいたら、すぐさまフカに報告しなければなりませんと。

フカがもし人間だったら、きっと、よその生け簀やそこにいるお魚さんを手に入れようと、フカ同士で戦争を始めるでしょうね。おまけに、フカは自分の生け簀にいるお魚さんにも戦争をさせるでしょう。おまえたちはほかのフカの生け簀にいるお魚さんとは大きく違っているのだと、どのフカも自分の生け簀にいるお魚さんに教え込むでしょう。つまり、もちろん、どのお魚さんも口はきかないけれど、お互いにバラバラの言葉で沈黙しているのだから、お互いに理解しあうことはとてもできない。このようにフカは宣言するでしょうね。戦争でよそのお魚さん、つまり別の言葉で黙っている敵のお魚さんを殺し

た お魚さんには、小さな昆布の勲章が授けられ、英雄の称号が贈られるでしょう。

フカがもし人間だったらね、当然ながら芸術というものがあるでしょうね。フカの歯をきらびやかな色で描いた絵や、あんぐり開いたフカの口をにぎやかに駈けまわれる本物の遊園地に見立てたりした美しい絵がたくさん描かれることでしょう。海底の劇場では、英雄気取りのお魚さんが勇んでフカの口に泳ぎ入る芝居が上演されるでしょう。音楽もまた実にきれいなもので、お魚さんたちはその調べのままに夢見心地で甘美な思いにうっとりとまどろみながら、楽隊を先頭にフカの口のなかへと流れこんでいくでしょう。

フカがもし人間だったら、宗教もきっとあるでしょう。お魚たちはフカのお腹のなかに入ってこそ、真の生活が始まると教えられるでしょう。

ついでに言えば、フカがもし人間だったらね、お魚が今みたいに全員平等ということもきっとなくなるでしょうね。太っちょのお魚はお役人になり、ほかのお魚さんの上に立たされるのです。大きなお魚さんはちっちゃなお魚さんを食べてもいいことになるでしょう。そうなれば、フカにとってはますます好都合となるでしょう。前よりもはるかに大きな肉塊にありつける機会が増えるからね。役職についた大きなお魚さんは、ちっちゃなお魚さんの秩序を取り締まり、教師や士官、さらには生け簀の建設を専門とする技師となるでしょう。要するに、海のなかで初めてひとつの文化が存在することになるのでしょう。

フカがもし人間だったらね」

文学の歴史において、ベルトルト・ブレヒトの作品とされる一九四九年に出版されたテクストはここで終わっている。一九九六年、ドゥリートは次のテクストを書き加えた。

第二部——ドゥリートは、鹿毛の馬に避難場所や新しい世界を提供している旗が何の役に立つか、そして小麦でも理解できるほかの不思議なことを明らかにしようと試みる。

だが当然ながら、数多くのお魚さんのなかには、フカに教えられて、ひ弱な「私」を放り出したままにして、自分だけが自由でよりよい存在になりたいと思い、自分たちだけが「われわれ」であるという旗を高く掲げるお魚さんもいるだろう。水気の多い環境では、この旗を掲げるだけでよりよい存在になれるにちがいない。自分たちだけが発見される喜びはとてつもなく大きなものだろう。自分たちだけがよりよい存在になりたいと思って、彼らは話すだろう。彼らが最初に発する言葉はおそらく「自由」だろう。

権力の座にいるフカを解任し、フカに替わってお魚さんをその座に就ける反乱の先頭に立つために、彼らは旗竿を使うことはないだろう。彼らが行なうのは、旗竿を突撃棒として使い、海にあるすべての生け簀を打ち壊し、海のなかに作られた生け簀という海を空っぽにし、フカやお魚さんをなくすことではない。カニ、海兵隊、カブト虫の親戚、そして前進するための最良の方法は後退することであるとわけ知り顔をする連中で生け簀をいっぱいにすることである。要するに、新しい文化、フカやお魚さんを必要とせず、水槽も檻もないまったく新しい文化を求めて海中で展開されてきた戦いに終止符を打つことである。その戦いのなかで模索されてきた新しい文化は、自分たちがよい存在で、つねによりよい存在になろうと思うためには、人間とは思えない別の条件におかれている人間のことを想像しなくてもよい文化である。馬であることや色を変えることを誰からも要求されず、馬であり鹿毛でいることができるお話を探しながら、馬に乗ったまま道に迷っている鹿毛の馬さんによい場所を保証できる文化である。

「民主主義への移行における文化と通信メディア」という部会のためにベルトルト・ブレヒトとラカンドン密林のドン・ドゥリートが行なった共同発表は以上でおしまい。

ベルリン市/サンクリストバル市、一九四九年~一九九六年。

私はイライラしている。何も発表しないのと、ベルトルトとドゥリートの二人による共同発表を行なうのと、どちらがよくないのか。それがわからない。そこで、兄が教えてくれた科学的な方法を使い、このジレンマを解決することにした。ポケットから硬貨を取り出し、放り上げた。どちら側が出たかって? そんなことは知らない。このテーブルに着席した時、硬貨はまだ地面に落ちていなかったのだから。

ついでに言うと、このフォーラムにドゥリートが出席したことは思いがけない反響を呼ぶだろうと思っている。明日の新聞には、深刻な金融危機、ならびに世界中の軍隊が明らかに苛立っていることを報じる記事がでるだろう。それを引き起こしたのが煙草好きでお喋りのカブト虫、遍歴の騎士にして新自由主義の辛辣な批判者であるとは、誰も知らないだろう。不正をただし、哀れな姫君を手助けし、月を愛でながら、彼はメヒコの南東部の山中をさまよっている。不正と戦おうとする企てにまさるものはなく、この架け橋が呼び起こそうとした女性の微笑みにまさる報奨はない。いまなお、彼はそう信じている。

では、お元気で。山中で増えている湖が月を水面に写せるきめ細かい肌をもつように。

反乱副司令官マルコス

メヒコ南東部の山中より

メヒコ、一九九六年七月

出典—La Jornada, 1996/7/5

26　くし、スリッパ、歯ブラシと袋と集会の関係

第三章　くし、スリッパ、歯ブラシと袋（われわれの袋と彼らの袋）と、人類のため、新自由主義に反対する大陸間集会との奇妙な関係について、ラカンドン密林の高名なる郷士ドン・ドゥリートが説明する。

この上空には灰色の物体がある。夜と昼が怠けているかのように、ひとつの月は欠け、もうひとつの月は満ちている。夜も昼もなく、時間だけがたくさんあるあまりにも長い夜明けである。その下、この若い冠毛のあるセイバの周辺では、武器と夢が徹夜で仕事をしている。とはいうものの、その一帯は何も変わりがなかった。そこらじゅう泥だらけで、ぼんやりとした電灯の光、そしてくっきりとした影があった。セイバの周辺だけに動きがあるように見えた。強力なレンズを通じて、座っている男が話しながら何かしてることが識別できた。彼はひとりであり、そう、少しばかり気が触れている様子だった。しかし、ちょっと待った。彼の横にいるのはいったい何だ？　ミニチュア博物館の武具一式？　ボロボロになった小さな戦車？　機動性のある装甲された小さな防空壕？　現実に錨をおろした小さな戦艦？　それとも……？　それとも……？　一匹のカブト虫？

私の方を挑戦的に見上げながらドゥリートは言った。

「ふーむ、愛嬌のあるやつだ。とてもおもしろい」

私も視線を上げたが、セイバの樹冠の薄暗い緑色の上には灰色の空しか見えなかった。

ドゥリートのつぎつぎと繰りだされる苦情や挑戦に耳を傾けた後、私は質問した。

「誰と話しているのですか?」。

「戦車と高潔で勇敢な遍歴の騎士を識別できないまぬけなステルス偵察衛星だ」

ドゥリートは偵察衛星?に猥褻な合図を送ると、私の方を振り向いて質問した。

「ところで、われわれは何の話をしていたのかな。私のポンコツになった従者よ」

「私が抱えている問題から脱出する方法を教えようとされていたのです」

「おお、そうだった。私のような遍歴の騎士のかたわらにいたのでは、おまえのボロボロの胸にある哀れな心では、宿命がおまえに授けている善意を理解できないだろう。そのことを私は理解した。耐えがたいほど哀れで浅はかなおまえといえども、次のことを理解すべきである。偉大なる神々は人類の運命を鉄製の糸で紡いできた。その一方で、金融取引所で投機をしている邪悪な呪術師どもは、その糸で恐ろしい結び目をつくってきた。それは偉大なる創造者の本来の善意に逆らい、おまえのごとき小さき存在の苦悩をおおいに楽しむためである。いいか、私が言いたいのは、鼻は別として小さき存在のことである。良きものの力はこうした邪術師の邪悪な意志から被創造物を見捨てはしない。この苦悩と不運の恐ろしい結び目を切るために、歴史を真っすぐに紡ぐため、悪漢どもを退治するために、寄る辺のない人を救けるために、無知なる人々を教えるために、要するに人類が自分自身のことを恥ずかしく思うことがないようにするため、遍歴の騎士は存在している。それが理解できたら、おまえも私の腕の驚異、私のことばの叡知、私の視線の輝きに……疑いをはさむことはないだろう」

私はドゥリートの機先を制して言った。

「つまり、あなたのせいで私が巻き込まれてしまった重大な問題とは……」

ドゥリートが口ごもったのに付け込んで、私は昔から好きだった非難合戦を始めた。

「というのも、私の高名なる遍歴の騎士さま、あなたに私の責務を思い出していただきたいのです。大陸間集会の招待状と呼びかけ文［一九九六年五月に作成］に介入し、スリッパ、クシ、歯ブラシという馬鹿げた文章を挿入したのは、あなたの腕の驚異、あなたのことばの叡知、あなたの視線の輝きだったはずです。さらにクロノピオス［フリオ・コルタサルの作品の主人公］に関しては、コルタサルの不適切な剽窃だと誰もが言っています」

ドゥリートは私の批判に我慢ができず、攻撃してきた。

「嘘っぱちだ！　カブト虫が内包している富をフリオに示したのはこの私、ラカンドン密林の偉大なるドン・ドゥリートさまである。それなのに、どうしてそんなことが言えるのだ」

今度は私が口をはさむ番だった。

「それはクロノピオスでは……」

「クロノピオス、つまりカブト虫である！　どちらでも同じことである。私の輝けることばは誰に教わったものでもない。それをあえて示唆しようとする腹黒いやからはいったい誰か？　今すぐ白状するのだ」

ドゥリートは刀をさやから抜いた。回収できていない負債を取り戻す腹づもりで、私は言った。

「腹黒いやからではありません。男でもありません。ひとりの女性です。剽窃を示唆しているのではありません。そのことは確認され、問題なく承認されています」

ドゥリートはしばらく考えていた。

「女性だと? よろしい。乙女なら、私の剣エクスカリブルの怒りを恐れることなく、何でも言うことができる。彼女に邪悪な呪術をかけ、私の人格にとって快い考えのみが宿っていたはずの彼女の頭によくない考えを教え込んだのは、どこかの邪悪な呪術師の悪業にちがいない。そいつの仕業にちがいない。もっとも偉大な騎士、つまり私の名が呼ばれるのを耳にするたびに、賞賛の念と密やかな願望によって、あらゆる女性が呼吸できなくなっていることは、周知のことである。邪術師が彼女に渡した卑しい飲み薬の効き目がなくなるまで、あるいは私が彼女に出会うまで、待たねばならない。私と出会ったなら、私の腕を武装している力と正義によって、彼女の呪術を取り除いてやる。そうすれば一件落着である。だから、われわれとしてはあのフリオのことは構わないことにする。そうすれば、彼もこの七月の大量の雨でわれわれが溺死しないことを確認できるだろう」

ドゥリートは、小枝、あるいは剣を収めた。どちらかは、彼を見張っている偵察衛星の画像の解析度によって決まる。挫けることなく、私は戦略を変更することにした。

「そうかもしれません。私のご主人にして、先達たるお方よ。あなたに無礼な言い方をした不幸な女性はただちに邪術から解放され、ふたたびあなたを賞賛するでしょう。さもなくば、彼女の身に恐るべき罰が下されるでしょう。彼女は世界中に被害をもたらす新自由主義の政府の代弁者の仕事を手に入れるでしょう。惑星を支配していると信じ込んでいる権力を独占している犯罪者の心理分析官の役目が彼女に与えられるでしょう……」

ドゥリートは大げさな身振りをしながら言った。

「もういい、もうよせ。それは美しい女性にとってはあまりにも苛酷な罰である」

私は続けて言った。

「さて、私の問題ですが、博識であられるご主人さま、救けてください。お願いします。集会はすでにラ・レアリダーでは始まっています。スリッパ、クシ、歯ブラシ……が必携とされたことについて、誰もが納得のいく説明を待っています」

「説明がいるのか?」と言いながら、とても辛辣な眼でドゥリートは私を見つめた。

私はドゥリートの気持ちを鎮めようとして言った。

「そうです。呼びかけ文では、騙されやすい連中、いや失礼、集会の招待者の誰もが奇異に感じている理由は、ここに来ればわかると言っています」

「よろしい。書いたものが必要なら、ここに書いたものがある。たしかに書かれることによって実行されたことになるのが、世の定めである。ここにはおまえに書きとらせるつもりだったことが書かれている。おまえはそれを入念に書きとらねばならない。これは政治科学に革命を起こすための貢献であり、剽窃とかそのほかの呪術行為の告発に関心が集まるのを少しはそらすことができよう」

私はただちにペンを取り出したが、もちろんインクは入っていなかった。ドゥリートはすぐさまそれを察知し、どこからか洒落たダチョウの羽毛ペンとインクを取り出した。

羽毛ペンとインクを交互に見ながら、私はドゥリートに尋ねた。

「ところで、それは何ですか?」

「ああ! アフリカのカブト虫への贈物だ」ともったいぶってドゥリートは言った。

「アフリカのカブト虫ですか?」

「そうか。おまえは、自分たちだけが大陸間集会を開催すると思っていたのだろう。われわれカブト虫も大陸間集会を開催するのだ」とドゥリートは宣言した。

私はこれ以上は詮索したくなかった。アフリカにカブト虫がいるかどうかは、私の知ったことではない。先を急いだのは、スリッパ、クシ、歯ブラシ、袋の謎を解くためだった。実際、私はドゥリートが私に言った次のような題をそのまま書いただけである。

新自由主義とスリッパ、クシ、歯ブラシ、袋

「袋ですか?」と私は尋ねた。

「だけど、呼びかけの文章では袋のことは何も言ってなかったのでは……」

「言ってなかったか? それは問題だ。袋を呼びかけの文章に入れるのを忘れたようだ。私は確信している。袋ということばがあれば、その箇所は完全に理解されたはずである。まあ、よろしい。これ以上は邪魔するな。ちゃんと書くのだ。しっかりと書き留めろ」

こう言ってドゥリートは私を急かした。釈然としなかったが、私はドゥリートの言うことを書き留め

ていった。それは次のとおりである。

(a)　スリッパはブーツの替わりである。私の言うことを真に受けて、泥で足が汚れるのを防ぐため、あれこれブーツのモデルを持参して、徒労に終わらないようにすること。ブーツでもスリッパでも、同じように泥だらけになり、同じぐらい熱心に滑って転ぶことになる。そうじゃないか？　ブーツは役に立たないだけでなく、きわめて危険である。だから、スリッパを持参しておけば、長時間、地面に横たわり、身体中泥まみれになっても、少なくとも体のいい言い訳の材料になる。

また、スリッパだと、きわめて簡単かつ便利に、そして素早く裸足になれるという議論もある。恋人やこどもたちはその理由を私に説明してくれるだろう。というのも、このメッセージの深い意味を理解できる唯一の存在は、こどもや恋人たちである。

さらに雨期が近づき、われわれは上に羽織るものが必要になっている。われわれがスリッパでコートを作れば、世界のファッション界に脅威をもたらすことができる。

それゆえ、「スリッパのため、ブーツに反対する大陸間集会」を開催すべきである。集会名称は別のものと同じぐらい長いが、定義がきわめて明確であることは私が請けあう。

(b)　ノスタルジーが病気のように蔓延するこの種のイベントでは、クシはきわめて重宝である。一枚の紙切れがあり、それでクシをうまく鳴らせれば、楽器を手にしたのと同じである。音楽があれば、あなたたちは心と足を陽気にできる。このたぐいの踊りにスリッパはむかない。陽気な心と足さえあれば、踊ることができる。踊ることは出会いの楽しい方法のひとつである。集会は出会いの場であることを忘れてはいけない。

それゆえ、いかなる「人類のため、新自由主義に反対する大陸間集会」においても、クシは不可欠な品目である。ついでに髪の毛をすくこともできる。

(c) 背中を掻く時、歯ブラシはこの上なく便利な道具である。歯ブラシは、色、形や大きさともに多様なものがある。それぞれちがっているが、どれでも歯ブラシとしての機能を十分に果たす。誰でも知っているように、その機能は背中を掻くことである。全員が同意するだろうから、掻くことは悦楽であることを全体総括集会の合意事項として、私は提起するつもりである。
それゆえ、いかなる「人類のため、新自由主義に反対する大陸間集会」においても、歯ブラシはとても必要なものである。

(d) スリッパが証明しているのは、夢をみることや踊ることに関しては、論理やブーツはまったく役に立たないということである。クシが証明しているのは、音楽と愛のためには何でも口実になるということである。歯ブラシが証明しているのは、ちがっていても対等であるということである。

(e) 踊り、音楽、悦楽と他者意識は、人類のため、新自由主義に反対するための旗印となる。それが理解できない人物の心には、魂ではなくボール紙が入っているはずである。

(f) 袋は二種類に分類できる。彼らの袋とわれわれの袋である。

① 彼らの袋とは「証券取引所」〔スペイン語の直接的語義は価値の袋〕として知られている。そして皮肉なことに、その袋は価値がないことによって際立っている。投機家の都合にあわせて、その袋には穴が開けられる。それが有する唯一の利点は、われわれの統治者に夜も眠れなくなる悪夢をもたらすことである。

② われわれの袋は「袋」として知られている。その名前が示すように、物を入れるのに役立つ。忘却によって穴が開くことがあるが、希望や屈辱を晴らそうという気持ちがあれば補修できる。歯ブラシ、クシ、スリッパを入れられるという利点がある。

(g) 最後に強調しておこう。歯ブラシ、クシ、スリッパを入れられない袋は、何の価値もない。以上が、人類のため、新自由主義に反対するために定められた最終的な七項目である。タン、タン。これでおしまい。

第四章　有名な遍歴の騎士は、従者のデカ鼻と対話しながら、旅行カバンを準備している。それ以外にも驚異すべきことや恐ろしいことが予告される。

ドゥリートはペガサスに馬具を付け終えた。亀にしてはペガサスはずいぶん落ち着きがなかった。ドゥリートはお喋りをやめなかった。彼が話しかけていたのは、ペガサス、もしくは私だったようだし、独り言を言っているようでもあった。ドゥリートは、われわれ、あるいは自分自身に向って、出発すべきであると説得しているのだろうか？

「過去を取り戻すことはできない。ぼつぼつ出かけることにしよう。私は気が触れていたし、今もそうである……」

一見したところ、ドゥリートは彼の一番お気に入りの文学の歴史を詰め込んでいるようである。ドゥリートはせわしく行き来している。彼の誠実さがなかったら、その様子は複雑なステップをした踊りにしか見えなかっただろう。荷物を詰めている時、ほとんど何ももっていないことに気づき、私は悲しい気持ちになった。しかし、私には小麦がある。それだけで十分である。一方、ドゥリートといえば、自分の住みかである葉っぱからペガサスの背中まで、本を抱えて何度も往復している。

彼がひと息入れるために立ち止まった時、私はドゥリートに質問した。

「われわれがどこに行くのか、あなたは御存知なのですか?」

あがった息を整えることもせず、ドゥリートはあらぬ方向を指差しながら、漠然とした合図をした。

「それで、かなり遠いのですか?」と私は尋ねた。

やっと話せるようになると、ドゥリートはこう言った。

「遍歴の騎士の責務とは、不正が罰されることなく放置されている場所がなくなるまで、世界を駆け巡ることである。この責務はあらゆる場所に遍在している。しかし、どの場所にもないとも言える。いつも近くにあるが、けっして手にすることはできない。遍歴の騎士は、明日が来るまで、馬にまたがり進んでいく。そこでやっと立ち止まる。しかし、すぐさま前進を再開しなければならない。なぜなら、明日はいつも前へ前へと進みつづけ、かなりの距離を進むからである」

私は少しばかり真面目な顔をして尋ねた。

「では、何をもっていくのですか?」

「希望だよ……」とドゥリートは私に言った。

そして、胸にある袋を指差した。そして、ペガサスにまたがり終えると、次のように付け加えた。

「それ以外は何も必要ない。希望だけで十分だ……」

……

エピローグ　お話が始まらない理由を説明し、希望を加えたり、厚顔無恥を引く場合だけ、たし算やひき算が役立つことが証明される。

この発表の題は「七つの声による発表」であるとはっきりと言明されており、六番目の声までが済んでいる。かくなるうえは、このまま終わらすことはできない。だが、私の主人にして領主、恋するためには魔術師になり、戦うためには呪術師にもなる遍歴の騎士、ラカンドン密林のドン・ドゥリートさまは、われわれは出発するのだと、私に宣言した。われわれは出発しなければならない。第七番目の声は価値があり、重要なものである。だからこそ、その声、第七番目の言葉は、あなたたち全員に話してもらうことにしたい。

だから、私はここでさよならと言っておきたい。集会全体がどのように終わったのか、その様子を誰かが手紙で報せてくれると、たいへん有り難い。

では、お元気で。袋や生命を要求する場合、盗人どもは必ずわれわれの生命を奪うことを知っておくべきである。

副司令マルコス

メヒコ南東部の山中にて
地球、一九九六年七月

追伸——さっそうとペガサスにまたがり、ドゥリートはすでに出発した。

時速五十センチメートルを越す速度になると、亀のペガサスはめまいを起こしてしまう。つまり、彼が出発地点に到着するまでには、かなりの時間が必要なことを意味する。だから、私がメヒコ南東部の山中にようこそと、皆さんに挨拶をする時間は十分にある。この地において、本当に価値がある袋とは、希望の詰まったわれわれの袋、あなたたちの袋、つまりわれわれ全員の袋である。

では、今一度、お元気で。袋、小さな袋、大きな袋を修繕するために、大きな希望と屈辱を培っていこう。

どこが入り口で、どこが出口かを忘れたためまごついている副司令

出典—EZLN, Crónica de intergalácticas, 1996

217………26　くし、スリッパ、歯ブラシと袋と集会の関係

27　ドゥリートからシラノへの手紙

「セイバは飛びたいという願望をもつ小さな島」という部。

雲の頂きをぬうようにして、一本のビンが流れ着き、セイバの枝に引っかかって止まった。（こんなに高い場所から墜落すれば、一九八八年のシステム崩壊と同じぐらい大きな衝撃があるだろうと）私は用心しながら近づいて、そのビンを手にした。予想通り、ビンには伝言があった。それを取り出したところ、次のようなドゥリートの手紙があった。

落ち目の私の親愛なるシラノへ

おまえがふたたびセイバの樹冠に囚われていることを知った。そうした事態になったのは、愚かにも鏡の愚かさをそのままにしていたためである。だから、おまえは上にむかって墜落したのだ。今の私は、おまえを救出するためにわざわざ出かけられない。『息苦しい夜のためのお話』という私の本の第二巻の執筆でとても忙しいのだ。今度は『眠れない孤独のためのお話』というタイトルとなるそうだ。おまえが編集者を確保できるように、ひとつ商品見本をおまえに送ることにしよう。

「ある時のことである。いつも遅れてやってくる男がいた。その男は怠け者とか、動作が遅いというわけではなかった。彼のもっている時計が遅れているわけでも、遅れるのが癖でもなかった。実際のところ、この男は時間が存在する以前の別の時間に生きていたのである。遅れるのはそれほどたいした時間ではないが、いつも確実に少しばかり遅れていた。たとえば、カレンダーは九月だというのに、この男ときたら四月の夜明けを歩んでいた。だから、彼の春は彼女のありえない春と一致するはずがなかった。とはいうもの、死だけは時間の経過に忠実に進行していた。各個人のもつ昼と夜が尽きるたびに、それぞれにその不在の知らせを配っていた。しかし、この男はいつも時間の後を歩んでいた。そのため、彼は自分の死の時間に遅れ、自分の死と出会うことはなかった。なぜなら、死はカレンダーを追いかけねばならなかったからである。死は、この未解決の問題、つまり本来なら死んでいるのに、遅れたために生きているこの男を放っておくことにした。

いつでも状況が同じなので、男は生きることにも、歩くことにも疲れてしまった。そこで、彼は死ぬために死を探すことにした。こうして時間と非時間が過ぎていった。死は、その男が到着し、殺すことができる時を待っていた。男は死と出会い、死ぬことができる時を待っていた。この二つの希望が出会う日付は、カレンダーの上にはない。

タン・タン」

お話の出来はどうだ？　称賛のことばを後まで取っておいてもしかたない。さて、私は出かける。私の落ち目のデカ鼻の従者よ、また後でおまえに手紙を書くことにする。

ラカンドン密林のドン・ドゥリート

追伸――舵をしっかりと握るのを忘れるな。猛烈な暴風がくるらしい。

以上でドゥリートの手紙はおしまい。ノー・コメント。

出典―La Jornada, 1996/9/20

28　ドゥリートからの新しい手紙

反復する追伸――「セイバは郵便受け」の部。

そのとおり。また、別の雲に乗ってビンが流れ着き、ドゥリートの新しい手紙が到着した。

お尋ね者で告発されている私の親愛なるシラノへ

おまえに残された時間はなくなっている。それをおまえに知らせることが私の責務である。このセイバはとても白いので、迫撃砲、擲弾発射砲、狙撃銃、大砲や機関銃の格好の標的になっている。偵察衛星のことは、おまえには言わないほうがよいだろう。この手紙を最後まで読めば、セイバから降りるための確実な処方箋を見つけられよう。言うとおりにすれば、すぐにでも下に降りれる。

おまえの寿命がそれほど長くないこと、そしてなんと言おうか、生命保険会社にとって魅力的な顧客でないことは誰でも知っている。そこで、おまえに勧告する。私の次なる本『眠れない孤独のためのお話』を出版するため、出版社との交渉を急ぐのだ。時間が尽きることが予測されるので、「妊娠するためのお話」とでも呼べる特別セクションに入ると思われるお話をこれからおまえに送ることにする。それを読めば、おのずとわかるだろう。ではご覧……

チョコレート製の魔法の小ウサギ——新自由主義、ウサギのリビドーとこども

ドゥリートの西部劇への賛辞。『善い奴、悪い奴、醜い奴』［日本題『続、夕日のガンマン』］を覚えていますか？

ある時のこと、三人のこどもがいた。善いこども、悪いこども、そして副司令だった。それぞれ別の場所を歩いてきたが、三人ともが一軒の家に辿りついた。そして、その家に入った。家の中にはひとつの机しかなかった。その机の引き出しには白色のプラスティック製の小ビンがあった。この小ビンは、三名のこどもがかき氷やアイスクリームのために使用するものだった。白いプラスティックの小ビン（ロゴや商標のないことに注目）の中には、チョコレート製の二匹の小ウサギと一枚の小さな紙があった。その紙きれには「チョコレート製の小ウサギを使用するに当たっての注意書」と書いてあった。

「二十四時間たつと、このチョコレート製の二匹の小ウサギは再生され、新たに二匹の小ウサギが手に入ります。二十四時間ごとに、白いプラスティックの小ビンの中のチョコレート製の二匹の小ウサギは二倍に増えます。つまり、この魔法の白いプラスティックの小ビン（かき氷やアイスクリームの容器として使われる）を持つものは、食べるためのチョコレート製の小ウサギをいつも手にすることができま

す。ただし、唯一の条件は、かき氷やアイスクリームの容器として使われるこの白いプラスティックの小ビンの中につねに少なくとも二匹の小ウサギがいなければなりません」

三人のこどもは、かき氷やアイスクリームの容器として使われる白いプラスティックの小ビンをそれぞれ手にとった。

悪いこどもは、二十四時間が我慢できず、二匹のチョコレート製の小ウサギを食べてしまった。その瞬間を楽しんだものの、彼のチョコレート製の小ウサギはなくなった。もう食べるものはなくなった。しかし、彼にはチョコレート製の小ウサギの思い出と追憶が残っている。

善いこどもは二十四時間待ちつづけ、チョコレート製の小ウサギが四匹に増えているのを確認した。さらに二十四時間待っていると、チョコレート製の小ウサギは八匹になっていた。数カ月が経つと、善いこどもはチョコレート製の小ウサギを売るチェーン店を開設していた。一年も経つと、彼は国中に支店を展開し、外国資本とも協定を結んで、輸出を始めていた。やがて、彼は「今年の年男」に選定され、途方もない資産家、そして権力者となった。チョコレート製の小ウサギの製造業を国外の投資家に売却したものの、彼自身は企業経営者として残った。利益を減らさないため、彼はまだチョコレート製の小ウサギを食べたことはない。彼はもう白いプラスティックの魔法の小ビンの所有者ではない。おまけに、チョコレート製の小ウサギの味も知らない。

副司令というこどもは、かき氷やアイスクリームの容器として使われる白いプラスティックの小ビンに、チョコレート製の小ウサギではなく、クルミ入りのアイスクリームを入れた。お話の約束事を変えてしまい、半リットルのクルミ入りのアイスクリームをたらふく食べてしまった。そして、究極の選択はどれも罠にみちていることを説明しているチョコレート製の小ウサギのお話の教訓を台無しにした。

新しい教訓――クルミ入りのアイスクリームは、新自由主義に対抗できる危険きわまりない潜在能力をもっている。

その教訓に関する質問―三人のこどものなかで、誰が共和国の大統領になるのか？　誰が野党の党首になるのか？　誰がチアパスの対話・調停・尊厳ある平和のための法律を侵害し、人を殺すのか？　そして、あなたが女性なら、この三人のこどものうちで誰を生んでみたいですか？

皆さんの返事を「ウァパックの葉」宛に送ってほしい。ついでにコピーを内務省とCOCOPAにも送付してほしい。タン、タン。これでお話はおしまい。

さて、出来ばえはどうかな？　ああ、そうだ、私は行かねばならない！　怖がらずに言ったらどうかね。最高にすばらしい出来ですと。私はおまえに期待している。カルロス・モンシバイスやほかの人物が参加する出版記念集会を組織できる立派な編集者を見つけてくれ。それでは、失礼。

ラカンドン密林のドン・ドゥリート

追伸―ああ、セイバから降りる処方箋を忘れていた。
とっても簡単だ。以下の指示に従えばよい。
セイバの樹冠から降りるための指示。降りたいのは本気なのか？　眼を閉じて樹冠の端まで歩くのだ。怖がるな（たしかに、パラシュートも悪くはない）。すぐに目的地（？）に到着する。

以上でドゥリートの手紙は終わり。付け加えることはなし。

「セイバから地上の距離は、苦悩と希望との距離に等しい」という部。

私は落ちた。われわれが法律を犯そうとしているると告発されるのかどうかは、私にはわからない。何はともあれ、われわれの頑固な飛行を通じて、重力の法則が厳密に守られたことだけははっきりしている。

追伸――大いに心配してください。

密林から出ればわれわれを逮捕すると遠吠えしていた灰色の小人物［サパティスタは一九九六年十月十二日の先住民全国議会創設にむけて代表団を首都に派遣することを告知していた］は、今や心配でたまらないのではなかろうか。このように私は推測している。ドゥリートの手紙にある消印をよく点検しなさい。それはメヒコ連邦地区で出されたものである。テンプロ・マヨール［ソカロにあるアステカ時代の大神殿の遺跡］の絵はがきが添えられている。手紙の日付は九月十六日［メヒコの独立記念日］である。数多くの戦車がいたので、ドゥリートの存在に気づかなかったとしても、不思議ではないと思われる。

出典—La Jornada, 1996/10/3

29　ドゥリートの最新の手紙

この夜明けと同じように、あの時の夜明けにも、月は夜の手のなかで欲望にかられて気を失っている孤独な胸であった。この夜明け、私はドゥリートから届いた最新の手紙を読み返していた。だから、皆さんにお伝えしなければならない。ドゥリートは何事も哲学的に論ずるという際立った傾向がある。その傾向は、これから紹介する手紙に表現されていること、つまりその表題自体で説明できるだろう。何しろ、次のような題だから……

終わりと始めの巻貝(新自由主義と建築、あるいは破壊の倫理に反対する模索の倫理)

メヒコのチアパス州南東部のラカンドン密林には、重装備の軍の基地によって包囲された人気のない荒廃した集落がある。この放棄された集落の名前はグアダルーペ・テペヤックという。この集落の住民は先住民トホラバルで、一九九五年二月にメヒコ政府軍によって追放された。連邦軍部隊はサパティスタ民族解放軍の指導部を殺害しようとしていた。

しかし、私が皆さんに話したかったのは、自らの反逆精神の代償として山中で生活することを選択したこの集落の先住民の苦難にみちた追放生活のことではない。私が話したかったのは、一九九四年の七月から八月、当時はまだ健在のグアダルーペ・テペヤックのはずれに誕生した建造物のことである。大部分が非識字で、いちばん「教育を受けた」者でも小学校三年までという状況にもかかわらず、トホラバルの建築家たちは、サパティスタが「民族民主会議」と命名した集会に参加する一万人を収容できる建物をわずか二十八日で建築した。メヒコの歴史に敬意を払い、サパティスタはその出会いの場所をアグアスカリエンテス［南部革命軍のサパタと北部革命軍のビジャが会合した場所］と命名した。この大規模な出会いの空間には、一万人の参加者が着席できる大ホール、百名が座れる議長団用の演壇、図書館、コンピュータ室、調理場、宿泊所、駐車場があった。「ふしだらな行為のための場所」もあったと言う。

要するに、今述べたことは懐かしい思い出話の域を越えるものである。そのことに関しては、ほかの手段（その当時の本、レポート、写真、ビデオ、映画がある）でも知ることができよう。だから、今現在、興味を惹くためには、あの一九九四年のグアダルーペ・テペヤックのアグアスカリエンテス（このアグアスカリエンテスは一九九五年二月に破壊された）の会議の参加者の誰も気づかなかったささいな出来事について話さなければならないだろう。しかし、私がささいな出来事と言ったものは、あまりにも巨大で、さっと眺めたぐらいでは気づかない代物である。この書簡の目的は、その巨大すぎて気づかないささいな出来事について述べることである。

大ホールと議長団用演壇は、行き来が自由で始めも終わりもない巨大な巻貝のなかにあった。私に少しばかり説明させてください。皆さん、諦めずに最後まで聞いてください。サパティスタの先住民は曲りなりとも会議用と呼べる大ホールを建設したのである。その全貌は船の竜骨にそっくりで、前方には椅子が並べられた平らな部分と（山の斜面を利用した）木製の長椅子台が並ぶ演壇があった。つまり、どこにでもある代物である。少しばかり気を惹くものといえば、長椅子台はY字型の棒にツルで結わえられていたことぐらいである。この演壇には金属はひとつも使用されていなかった。

サパティスタ蜂起に参加したトホラバルの先住民の指導者は、今回は即席の建築家として活躍したのである。宿泊所、図書館、そのほかの施設の建設にめどが立つと、副司令の眼から見ると、まったく無秩序な手順で、巨大なホールの周囲にばらまくように、彼らはいくつもの家を作りはじめた。各建造物の収容人員を計算している時、副司令はこれらの家のひとつが「曲がっている」ことに初めて気づいた。つまり、その家の一方の端には理解できない一種の亀裂があった。だが、副司令はあまり気にしなかった。トホラバルであるタチョ司令官がやってきて、副司令に尋ねた。

「巻貝はどんな感じだね？」

「どの巻貝のこと？」と副司令は聞き返した。それは、返答は質問になるというサパティスタの伝統、つまり鏡に向かって限りない質問を繰り返すゲームを踏襲したものであった。

あたかも「昼は陽射しがある」とでも言うかように、タチョ司令官は副司令に言った。

「ほら、大ホールの周りにあるやつだよ」

副司令はタチョをじっと見つめていた。自分が知っていることを副司令はわかっていない。そのことをタチョ司令官は察知したのである。タチョは副司令を「曲がっている」家まで連れていくと、梁の木が気まぐれな亀裂を作りだしている屋根を指差した。

「ここで巻貝はカーブしている」と、タチョ司令官は副司令に言った。

案の定、副司令は「だから、どうしたっていうの?」という顔つきをした。そこで、タチョ司令官は細い棒切れで泥の上にさっとスケッチを描いた。タチョのスケッチは大ホールを取り巻いている家の配置を描いていた。当然ながら、「曲がった」家にある件の亀裂によって、その全体像は巻貝にそっくりであった。そのスケッチを眺めた後、副司令は黙ってうなずいた。タチョ司令官は、雨が降った場合ホールを覆うために使用するテント布の様子を見にいった。副司令は「曲がった」家の前に立ち止まり、「曲がった」家が「曲がって」いないのではと考えていた。それはたんに巻貝を描くときに必要な亀裂のあるカーブでしかなかった。

ちょうどその時、新聞記者が副司令に近づき、このアグアスカリエンテスがサパティスタにとってどのような意味をもつのか、と質問した。政治的に深い意味のある返事を期待していたのである。

「巻貝である」と副司令は新聞記者に手短に答えた。

「巻貝ですか?」と新聞記者は聞き返した。

そして、質問の意味がわかっていないのではという目付きで、彼は副司令を見つめた。

「そうだ」と言いながら、「曲がった」家の亀裂のある箇所を新聞記者に指差すと、副司令はその場を離れた。

私もあなたの意見に賛成である。高い場所に上がらないと、アグアスカリエンテスを取り囲んでいる巻貝は判別できない。しかも特定の高さでないと無理である。

私が言いたいのは、この貧しいが反逆している土地に描きだされたサパティスタの巻貝を発見するためには、かなり高い所まで飛んで上らねばならないということである。その一方の端には図書館があり、もう一方の端には昔の「安全確保の家」があった。この「安全確保の家」の歴史は、マヤの先住民共同体におけるＥＺＬＮの歴史をそのまま引き写している。ＥＺＬＮの隊列に加わった最初のトホラバルの人々は、自分たちの姿が見られないように、集落から離れた場所にこの小屋を建設したのである。この小屋で、彼らは会合を持ち、学習を重ね、反乱戦闘員のいる山に運ぶトルティージャやインゲン豆を持ち寄ったのである。

よろしい。その場所にマヤの巻貝があったのである。螺旋には始めも終わりもない。巻貝はどこで始まり、どこで終わるのか？　その内側の端、それとも外側の端なのか？　その巻貝に入るのか、それとも出るのか？

反逆するマヤの指導者の作った巻貝は、「安全確保の家」で始まり、終わっていた。同時に、図書館で始まり、終わっていた。出会いの場所、対話の場所、移行する場所、模索する場所、それがアグアスカリエンテスの巻貝である。

サパティスタの先住民はその巻貝という考えをいかなる「建築」文化から取り出したのだろうか？　私はそれに関して何も知らない。しかし、巻貝、つまりこの螺旋は、出る時も、入る時も、同じように招きよせる。だから、巻貝のなかで、始まりがどこで、終わりがどこであるかは、あえて言いたくない。それが私の本音である。

それから数カ月後、同じく一九九四年の十月、市民社会の小さなグループがアグアスカリエンテスにやってきた。それは図書館に電気をつける作業を完成させるためだった。数日間の仕事が終わると、彼らは帰っていった。その日の夜明けはとても寒く、霧が立ちこめていた。月はほっぺたと欲望を休める兆しを示し、深夜の霧のなかで、月輪は周囲から血の気を奪っていた。まるで映画の情景そのものだった。副司令は影に隠れ、目出し帽をかぶり、隅から眺めていた。映画そっくりである。それは映画の終わり、それとも始まりの情景なのか？　このグループが出発した後、年末のフィエスタまで、誰もアグアスカリエンテスに戻ってこなかった。その後、再び姿を消してしまった。一九九五年二月十日、飛行機で輸送された連邦軍部隊がグアダルーペ・テペヤックを占拠した。政府軍がアグアスカリエンテスに侵入した時、最初にしたのは図書館と「安全確保の家」、つまり巻貝の始めと終わりの破壊であった。その後、残りのものも破壊された。

なぜか不思議な理由で、「曲がった」家の亀裂している箇所は、その数カ月後も屹立していた。それが倒壊したのは、一九九五年十二月、新しいアグアスカリエンテス［ラ・レアリダー、オベンティック、ラ・ガルーチャ、モレリア、ロベルト・バリオスの五カ所］がメヒコ南東部の山中に誕生した時であると言われている。

これまで述べたことは、権力の論理が破壊の論理にほかならないということを示している。それに対して、巻貝の論理は模索の論理にほかならない。それは建築にとっても、新自由主義を理解するうえでも、きわめて重要なことである。ちがうかね？

ドゥリートの発表は以上である。あなたの評価どおり、この発表は……専門家むけのものである。

いったい全体、このカブト虫、巻貝、朝焼けの赤色の月といった話題は何を意味するのだろうか？　よろしい、真実を話すことにしよう。十年前の十月のある夜明けのことである。老アントニオは、巻貝は、内側を眺め、上に向かって跳躍するのに役立つということを私に説明してくれた。しかし、今はドゥリートの発表について話しているのだから、それは別の機会に話すことにしたい。「人類は私の偉大なる知識の恩恵を受けねばならない」と言っているドゥリートは、この問題になるとずいぶんと気難しい。

そう、あなたが正しい。ドゥリートはカブト虫としては知識をひけらかし過ぎである。私自身もそう思っている。ところが、ドゥリートときたら、遍歴の騎士とは、知識をひけらかす者ではなく、邪悪なやからを鞭打ち、無頼のやからを愚弄する時にこそ、自分の腕の力強さと自分の才能の偉大さを熟知している者であると言っている。

さて、市民社会の皆さん、私はもう出発しなければならない。われわれは皆さんに期待している。皆さん、われわれがこの地で活動していることを忘れないでほしい。少なくとも、皆さん、すぐに忘れることだけはしないでほしい。

では、お元気で。解答の見つかっていない質問とは、巻貝のなかにいる人はどちらに向かって歩むべきか？　ということである。内側に向かってか？　それとも外側に向かってか？

メヒコ南東部の山中より

反乱副司令官マルコス

追伸——編集の仕事を最後までやり遂げてください。

そう、忘れていました！　ドゥリートの手紙には、皆さんが編集する『眠れない孤独のためのお話』のなかの「決意するためのお話」とでも呼ばれるセクションに加えるべきと思われるお話があります。さて、これから始めます。そのお話の題とは、

生きている人と死んでいる人のお話

昔々、生きている人と死んでいる人がいた。死んでいる人が生きている人に尋ねた。

「ああ、そんなに心が弾むなんて、おまえが羨ましいな」

すると、生きている人が死んでいる人に言い返した。

「そんなに心が平安でいれるなんて、おまえが羨ましいな」

こういった感じの状態、つまりお互いを羨んでいると、一匹の鹿毛の馬が疾走しながら通りすぎた。

お話と教訓はこれでおしまい。いま一度、私から繰り返し言っておく。究極の選択肢はどれも罠に満ちている。鹿毛の馬に出会うことはすばらしいことである。

ラカンドン密林のドン・ドゥリート

称賛の手紙、会見の申し込み、そして「ブーツに反対するカブト虫協会」を支持するためのカーネーションや署名は、どうぞメヒコ南東部の山中のウァパックの葉っぱ、六十九番地（副司令が住んでいる場所のすぐ隣）まで送付してください。電話の場合は注意して。留守番電話が応答しなくても、ご心配無用です。そんなものはない。

では、もう一度、お元気で。われわれが究極の選択肢という罠にはまっているなら、全員が私の意見に賛成するだろう。行くか、留まるかを選ぶとなると……いちばんいいのは、来ることだろう。

おわかりのように少し熱があり、咳込んでいる副司令

出典―La Jornada, 1996/10/'24

30 帰還を告げるドゥリートからの手紙

追伸——忘れられることのなかった一匹のカブト虫が、合意が完全に忘れられた状況において再登場することを市民社会に予告しておこう。

ドゥリートから手紙が届いた。自分の権利だけを守っている腹黒い悪党どもに記憶を取り戻してやるために帰ってくると、彼は言っている。ただ少し遅れるという。というのも、「ペガサス」（彼が騎乗している亀）は、あまり高速で進むと（つまり、時速五十センチメートルを越えると）、めまいを起こすからである。しかも、ドゥリートがたくさんのお土産（中には約束どおりひとつの指輪があるという）を持参しているからでもある。また、彼は自分のための踊りの作品をひとつ確保したそうである。しかし、その「手に手をとり、腰に手を当てて」という作品では、彼の場合、手がいくつも余るので、余ったもの（手と思われる）を四分休止符がステレオ状態になっているところに置けるかどうか、尋ねている。さらに、彼は別のことも言っている。それは、動作を小人の王国リリパットにあわせ小さくしないかぎり、道徳や公序良俗を口実に、その踊りの上演が妨害されかねない代物だそうだ（われわれにいったい何を要求しているのだろうか）。

そう、次の題のお話も同封されていた。

けっしてありえないというお話

昔々、まったくの夜という男がいた。暗闇のなかの影となり、独りで歩みながら、夜と出会うために、夜を徹してずいぶん長いあいだ歩んでいた。

昔々、まったくの昼という女がいた。小麦のようにキラキラと輝き、明るく踊りながら、昼と出会うために、昼を徹してずいぶん長いあいだ歩んでいた。

男も女もお互いにずいぶん長いあいだ探していた。夜は昼をずいぶん長いあいだ追いかけていた。男も女も自分が探しているもののことをよく知っていた。いくら探しても、相手に出会うことはなかった。そして、おそらく出会うことはないだろう。それは不可能で、けっしてありえないし、いまだかつてそのようなことがあったことはない……ことを知っていた。

やがて、男にも女にも夜明けがやってきた。出会うことは永遠にありえない。

タン、タン。

ドゥリートの手紙はこのお話で終わっている。ただちに、私は忘却されないように申請しておいた。

それじゃ、もう一度、お元気で。すぐに夜明けが到来し、いつまでも続くように。

説明するまでもなく笑っている一枚のチェの写真（エル・チェとして知られている）を眺めている

副司令

出典—La Jornada, 1996/12/9

31 帰ってきた……

小さき者たちといつもいっしょにいたドン・エミリオ・クリーヘルのために。
火事で家を失った（フランシスコ・ビジャ人民戦線）「エル・モリーノ」のこどもたちのために。

「時間のポストには誰も要求することのない喜びがある。
誰もその喜びを声高に求めはしないだろう。
そして、天候不順の面白味を懐かしみながら、行進は終わるだろう。とはいうものの、止まることのない手紙は、偶然の驚きが護っている夢に落ち着こうと、時間のポストから飛び出すだろう」

――マリオ・ベネディティ――

雨が降っている。湿り気のある冷たい微風という感じである。だが、つい数日前まで山中に響き渡っていた雨音は途方もなく激しかった。豪雨は山中に少なからぬ窪みを作り、いたる所で山裾が崩壊し、傷跡はあちこちに残っている。だが、こんな暴風雨の後でも、こうした小糠雨は心地のよいものである。今は雨期、小さき者たちの時間である。

一人のよい人〔ドン・エミリオ・クリーヘル、サンアンドレス対話の憲法問題に関するEZLN顧問〕が亡くなった。よい人が亡くなった場合、何と言うべきか？　覆面で顔を隠した千百十一名を恐がることなく家を開放してくれたこどもたちが家を失った〔エル・モリーノ地区は一九九七年九月のサパティスタの首都行進での宿泊場所〕。こどもたちが家を失った場合、何と言うべきか？　何も言わず、ただ黙するだけである。なぜなら、多くの場合、苦悩は沈黙するためのものであるから。

しかし、包囲網のこちら側の小さき者たちは、落ち込んだ気持ちを和らげるため、よい人たちがいない場所にむけて、ほかの忘れられた小さき者たち、ほかの尊厳をもって反乱をしている人々に開放された扉や窓がない場所にむけて、架け橋を手のように差し伸べようとしている。いっしょにいるため、傍にいるため、忘れられないため、手が差し伸べられている。そのため、ひとつの影は、急ぐこともなく、柔らかい言葉でこの四番目の書簡の最初の二部を磨きあげ、あちらでも感じている苦悩のなかに微笑みを作り出そうとしているのだろう。

あちらの下の世界では、この山中にいる一人の船乗りのため、ロウソクは本来の灯台の責務を再開した。その男は夜明けの影のなかを迷走しながら航海している。さて、私たちも前進することにしよう。だけど、泥やあちこちの水溜まりに十分注意してほしい。あなたはゆっくり進むつもりですか？　よろしい、私が前を行き、あちらの内側からあなたに指示することにしましょう。いいですか、私はここにいます。そう、またも寄り添う影はひとつです。

いや……ちょっと待って……何かほかのものがいるようだ……このロウソクは燃え上がるばかりだ！　いや、ほかに誰がいるのか、私は確認できない。だが、誰かがいるのは確かだ。影が誰かにむかって喋っている。いや、彼に対してダメだと言っているだけのようだ。なぜなら、「ダメ！　ダメといったらダメです！」という声が繰り返されているから。立ち止り、あの隅に行き、もっとよく見ることにしよう。やっと、見つけたぞ。ふーむ。私は確信する。我々のお気に入りの影は理性を失っていたのである。まわりには誰の姿も見えない！　つまり「ダメ！　ダメといったらダメです！」と言う存在だけである。

どうやら、今はとりあえず待つ時間である。こんな雨、こんな夜明けとなれば、結局は誰もが理性を失ってしまうのだから。何だって？　だって、確かに、私は誰もいないと言ったはずだって！　何が私に近づいているのかって？　彼は私の姿が見えているのか？　そのようだ。ゆっくりと慎重に。誰もいないと言い張るつもりはない。

ちょっと待って！　待って！　たしかに何か……いるのが見えてきた。ああ、あそこの隅だ！　そうだ！　ああ、よかった！　彼は理性を失っていなかった。ほんとうだ。実際、とても小さいので、いるのに気がつかなかっただけである。何のこと？　誰と話しているのかって？　いいか、じゃあ……あなたにも見えるだろう……ほんとうに知りたい？　いいの？

だから……つまり、一匹のカブト虫だ！

ドゥリート参上！—四番目の手紙

私はN回目の「ダメ！　ダメといったらダメです！」をドゥリートに言うことになった。

そう、すでにドゥリートは帰還しているのです。「ダメ」と私が何度も繰り返した理由を皆さんに説明する前に、ことの顚末を皆さんにお話しなければならない。

ある夜明け、雨でできた小さな流れがキャンプの中央を横切るようになった時のことである。真ん中に一本の鉛筆が立っているイワシの缶詰に乗って、ドゥリートが到着した。その鉛筆には一枚のハンカチらしきものが結わえてあった。後でわかったのだが、それは帆ということだった。メーンマスト、いや失礼、鉛筆の最上部では、十字に組合わされた二本の脛骨に残忍なドクロという図柄の黒色の旗が翻っていた。それ自体は海賊船ではないが、海賊船の格好をしたイワシの缶詰であることは少なくとも確かだった。状況はこうだ。船、つまり缶詰がちょうど机の一本の脚に漂着し、ずいぶん派手な衝突音がした。ドゥリートはさっと飛び上がり、私のブーツに上陸した。身繕いをしながら叫んだ。

「今日は……えーっと、今日は……」そして私の方を振り返って言った。

「おい、おまえ、ニンジン鼻野郎、さっさと日付けを言うのだ」

私は戸惑った。ドゥリートが帰ってきたので、彼を抱擁したいという気持ち、そのニンジン鼻野郎が直接足蹴を食らわせてやろうという気持ち、そしてほかの……気持ちなどが交錯していたのである。日付……だって？

「そう！　日付だ！　つまり、今日の年月日だ。この間抜け野郎め、目をさませ！　おまえは大統領の取り巻き連中と討論していたようだな！　日付を教えるのだ！」

「一九九九年十月十二日です」と私は時計を見ながら答えた。

「十月十二日だと？ 我が信念どおり、自然は芸術を模倣している。よろしい。私は宣言する。今日、つまり一九九九年十月十二日、この麗しいカリブ海の島が発見され、征服され、解放された。その島の名前は……。おい、早く、島の名前を言え！」

「島って、何のことですか？」と私は訳がわからず質問した。

「何の島かと？ このまぬけめ。目の前にあるではないか！ ほかの何だというのだ？ 財宝や苦痛……を隠す島を所有していないのに、海賊であると吹聴する海賊など存在しない」

「島ですって？ 木、いちばん綺麗なセイバの木であると、ずっと思っていたのですが」

こう言いながら、私は繁茂した樹冠の縁から顔を出した。

「どうやら、おまえは誤解しているようだ。これは島だ。海賊がセイバの木に上陸するなんて、どこにそんな話があるのか？ この島の名前を言うのだ。さもなくば、おまえの運命はフカの餌になるだけだ」とドゥリートは脅すように言い放った。

「フカのですか？」と尋ねながら、私はゴクリと生唾を飲込んだ。そして、吃りながら申し立てた。

「名前はありません」

「名無しだと……ふーむ。海賊の島としてかなり威厳のある名前であることは、光栄である。よろしい、一九九九年十月十二日、『名無し』島が発見され、征服され、解放されたことを私は宣言する。ついでに、このデカ鼻の男を私の反面教師、一等航海士、見習い水夫、見張り番として任命する」

通達で数多くの役職を並べたてながら行なった侮辱を取り除こうと、私は尋ねた。

「ということは……今、あなたは海賊なのですね！」

「海賊だと！　断じて違う。私は海賊のなかの海賊である」

その時まで、私の眼はドゥリートの姿に釘づけになっていた。右眼に黒い眼帯、頭に赤色のショール、数多くある腕のひとつには曲げた針金で作った引っかけ鉤、別の腕にはかつてエクスカリブルの剣だった細い小枝が輝いている。ただし、今はそれが正しいのかどうかは自信がない。しかし、きっと一種の剣、サーベル、つまり海賊が使っている剣であることは確実である。さらに何本かの脚のひとつに小枝の切れ端がついていた。それはまるで……まるで、ふーむ……義足のようだった！

「さて、この格好はどうだ？」と言うと、ドゥリートは海賊衣装のために整えた洗練された衣裳の全体が見えるように半回転した。

「これからなんとお呼びすればいいのですか？」と私は用心しながら尋ねた。

「ブラック・シールド！」とドゥリートは気取って言った。そして付け加えた。

「おまえは黒い盾と呼んでいい。これはグローバル化されていない者のための呼び名である」

「黒い盾ですか？　だけど……」

「そのとおり！　赤ヒゲや黒ヒゲはいなかったというのか？」

「そう、確かにいましたが。だけど……」

「いるはずない。だが、どうでもいい。私は黒い盾である！　私と比較すれば、黒ヒゲは仕事のせいで灰色じみているし、赤ヒゲもおまえの古いパリアカテよりも色褪せている」

ドゥリートは剣と引っかけ鉤をいっしょに研磨しているのだと言っていた。イワシの缶詰……いや失礼、彼の艦艇の船首に立ち、海賊の歌を朗唱しだした。

「舷側に十門の砲……」

「ドゥリートってば」と私は彼を正気に戻すために、呼びかけた。

「順風満帆……」

「ドゥリートってば……」

「波濤を切り裂くのでなく、波頭を飛び越え……」

「ドゥリート！」

「何事だ！　どこかの王室のガレオン船がわれわれの視界に入ったのか？　急げ！　すべての帆を全開せよ！　乗船準備！」

「ドゥリート！」とやけになって叫んだ。

「落ち着け。失業したバッカニーアのように叫ぶな。何が起きたのだ？」

「あなたは今までどこにいて、どこから来て、この土地、いや、島々に何をしにいらしたのか、言っていただけませんか？」と私は平静を装って尋ねた。

「私が滞在していたのは、イタリア、イギリス、デンマーク、ドイツ、フランス、ジュネーブ、オランダ、ベルギー、スウェーデン、イベリア半島、カナリア諸島、つまりヨーロッパ全域である」とドゥリートは左右にあいそよく挨拶を振りまきながら言った。

「ベネツィアでは、イタリア人が大好物のパスタを何皿もダリオといっしょに食べた。そのせいで動けなくなった」

「ちょっと！　どのダリオですか？　ダリオ……と食事をしたと言いたかったのですか？」

「そう、ダリオ・フォー［イタリアの演劇作家］だ。いいかな。食べまくったというわけではない。彼はパスタを食べたが、私は彼が食べているのを見ていただけである。なぜかと言うと、いいか、あのたぐいのスパゲッティを食べると、私は腹がおかしくなるのだ。連中もしばしばパストになってしまう」

「ペストでしょう」と私は訂正した。

「パスト、あるいはペストだ。しかし、牧草の味がする。以前おまえに言ったように、『（移民）一時拘留センター』のひとつから脱出した後、私はローマ経由でベネツィアに到着した。センターは強制収容所の一種で、イタリア当局が、外国からきた人々、つまり『違っている別種の人々』全員を国外追放する前に隔離しておく場所である。そこから脱出するのは容易ではなかった。しかし、私が指導者となって、暴動を起こしたのだ。当然ながら、イタリア国内でこの種の制度化された人種差別に反対して戦っている男女からの支援が基礎にあったことは言うまでもない。ダリオといえば、演劇作品のためにアイデアを提供してほしいということだった。当然ながら、彼の申し出を断る気持ちはなかった」

「ドゥリートってば……」

「その後、国連がコソボで行なっている戦争に反対するデモ行進に参加した」

「NATOに反対するデモですよ」

「同じ事だ。一連のハプニングがあった後、ランサローテ島［カナリア諸島東端の島］にむけて出港した」

「ちょっと！　ランサローテ島ですって？　ジョゼ・サラマーゴ［ポルトガルの作家、一九九八年度のノーベル文学賞受賞者］の住んでいる所ではないですか？」

「そうだ。いいか、私は彼をペペと呼んでいた。欧州連合体制下のヨーロッパでの体験を話してほしいと、彼が私をコーヒーに招いてくれた。それはすばらしい……」

「そうでしょう。想像するに、サラマーゴとの対談はすばらしかったでしょう」

「ちがう。すばらしいと言ったのは、ピラリカが出してくれたコーヒーの味である。本当に最高のコーヒーだった」

「あなたが言っているのは、ピラール・デル・リオ「サフマーゴのつれあいのジャナリスト」のことですか？」

「同じ事だ」

「要するに、ある日はダリオ・フォーと食事、別の日はジョゼ・サラマーゴとコーヒーを飲んだのですね」

「そうだ。その数日間、私はノーベル文学賞受賞者と親しく交わったのである。しかし、ペペとは激しい討論をした。このことは言ったはずだ」

「その理由は？」

「彼が書いている私の本の序文のことだ。私、偉大にして遍ねき存在であるラカンドン密林のドン・ドゥリートを甲虫類コガネムシ科の世界に押し込めてしまったのは、救いがたい悪趣味である」「ドゥリートが言っているのは、チアパス情報分析センターから刊行された『ラカンドン密林のドン・ドゥリート』のジョゼ・サラマーゴの序文のことである」

「討論の結果は？」

「よろしい。遍歴の騎士の掟どおり、私は彼に決闘を申し込んだ」

「それで……」

「何にも。ピラリカがビックリしたのがわかった。私が勝つことは自明だったから、彼を赦してやった……」

「ジョゼ・サラマーゴを赦したのですか?」

「よろしい。全面的に赦したわけではない。私が侮辱を忘れるためには、彼はこの土地に来て、ありったけの声で次の長い台詞を宣言すべきであると宣告したのだ。『皆のもの、聞くのだ。専制君主よ、震えあがるがよい。若き娘たちはため息をつくがよい。こどもたちは歓喜の声を上げよ。悲嘆にくれる困窮者たちよ、楽しむがよい。全員、よく聞くのだ。偉大にして驚嘆すべき存在、比肩すべきものがなく、こよなく愛され、待ち望まれていた存在、擬音の権威、遍歴の騎士のなかで最良の存在、ラカンドン密林のドン・ドゥリートが再びこの大地を闊歩することになったのだ』」

「そんな……そんな……そんなことを言うため、ジョゼ・サラマーゴにメヒコに来るよう［一九九八年、一九九九年にアクテアルなど訪問］強制したのはあなたでしたか?」

「そうだ。私からすれば、まだまだ軽い処罰である。いずれにせよ、彼はノーベル文学賞受賞者である。私の次の本の序文を書くためには、おそらく別の人物が必要になる」

「ドゥリート!」と諫めながら付け加えた。

「もういいです。だけど、どのようにして、あなたは海賊、いや失礼、海賊のなかの海賊になったのですか?」

「それは、サビーナのせいだ」とドゥリートは馬鹿騒ぎ仲間に話すようにつぶやいた。

「ということは、ホアキン・サビーナ〔スペインの作曲家・歌手、新アルバムは『19の昼と500の夜』〕の所にも行ったのですか？」

「もちろん。彼の次のアルバム用に収録する音楽のアレンジを手伝おうと思っていたからな。おい、おまえ、口を挟むな。実を言うと、サビーナと私はマドリーでは、バルや女性をハシゴしたのだ。そして、我々はラス・ランブラスまで辿りついたのだ」

「だけど、ラス・ランブラスはバルセロナにあるのでは！」

「そうだ。それがどうも不思議なんだ。ほんの少し前まで、我々はマドリーの居酒屋に居座り、オリーブ油の色の肌をした女性、さらに特徴をあげるならハエン出身のアンダルシア女性に見惚れていたはずだった。その時、私は『基礎的』といわれる生物学的要求のひとつを充たしに行かねばならなくなった。扉をまちがえ、トイレではなく、表通りに通じる扉を開けてしまった。気がつくと、私はラス・ランブラスにいたのだ。もう、マドリーではなく、サビーナもいなかった。居酒屋もオリーブ油の色の肌の女性もいなかった。だが、まだ私はトイレを探していた。騎士たるもの、街角で用を足すことはできない。そこで、マノロと街角をぶらついた時のことを思い出そうとしながら、バルを探した」

何があっても驚かないよう心の準備をしながら、私は質問した。

「マヌエル・バスケス・モンタルバン〔スペインの作家、最新作は『マルコス、鏡の主』〕のことを言っているようですね」

「そうだ。名前が長すぎるので、私は彼をマノロと呼んでいた。私は悶えながら、落ち着かず、懸命にトイレの場所を探していた。すると、暗い路地で私の眼の前に三つの大きな影が……現われたのだ」

私はギクリとして口を挟んだ。「強盗ですか！」

「違う。三つのゴミ箱だった。トイレでしようと思っていたことをその影に隠れてこっそりと慎み深く実行できるかを計算した。そして私は用を足した。任務を遂行したという満足感とともに、パイプに火をつけた。すると、ビッグ・ベンの十二時の鐘の音がハッキリと聞こえた」

「だけど、ドゥリート、それはイギリスのロンドンにあるのでは」

「そうだ。私も変だなと思った。しかし、その晩のことではなかったかな？　歩きだした私は、次のような文章のある貼紙の前に辿りついた。『海賊募集中。経験不問。カブト虫や遍歴の騎士、優遇。問いあわせはバー「黒いマリファナ」まで』」

ドゥリートはパイプに火をつけると、話を続けた。

「『黒いマリファナ』という看板を探して、私は歩きつづけた。夜明けのコペンハーゲンの路地を覆う霧に包まれ、何も見えない曲り角や塀を手探りしながら歩いた」

「コペンハーゲン？　ロンドンにいたのでは？」

「いいか。何度も露骨に口を挟んでいると、タラップに乗せ、フカのいる所へ落とすぞ。何もかもとても奇妙だったと、言っておいたはずだ。デンマークのコペンハーゲンで『黒いマリファナ』というバーを探していたはずだが、海賊募集中の貼紙を目にしたのは、実際にはロンドンだった。ティボリ公園でしばらく迷ったが、私はバーを探しつづけた。すぐに、ある街角でそのバーを見つけた。たった一個の街灯が発するほの暗い光によって、霧が引き裂かれ、貼紙が照らしだされていた。『黒いマリファナ。バー・テーブルダンス。カブト虫と遍歴の騎士は優待割引』。カブト虫や遍歴の騎士……がヨーロッパで得ている高い評価や共感については検証する必要はない」

「カブト虫や遍歴の騎士の被害をこうむっていないからだ……」と私はつぶやいた。

ドゥリートはすぐさま言い返した。

「おまえのつぶやきにある皮肉を見逃すなどと思っていないだろうな。だが、おまえの読者のため、私は話を続けることにしよう。おまえと話を合わせる時間はいずれできるから。

われわれの一部だけが保有する偉大さを認知し、賞賛できるヨーロッパ人の大いなる知性を評価した後、私はサクレ・クール寺院の近くにあるモンマルトル地区のバーに入った」

ドゥリートはしばらく黙っていた。フランスのパリにあるのではと、私が口を挟むのを待っていたのである。しかし、私は何も言わなかった。ドゥリートは満足気に腰を降ろし、次のように続けた。

「そのバーの雰囲気は暗紫色の霧と一体化しており、私はいちばん暗い隅にあったテーブルに着席した。一秒も経たないうちに、給仕が私に向かって完璧なドイツ語で言った。『東ベルリンにようこそ』。それ以外にひと言も言わず、献立表、つまりメニューと思われるものを置いて行った。それを開けると、たったひとつの文が書いてあった。『海賊の卵は二階にどうぞ』。

私はちょうど背後にあった階段を登った。両側にいくつもの窓がついている細長い廊下があった。窓のひとつからは、多くの水路とアムステルダムの九十の島に架かっている四百もの橋が一望できた。はるか彼方には、サロニカのギリシア人ならけっして認めようとしない白い塔が見えていた。廊下のさらに先には別の窓があり、そこからはスイスのマッターホルンの湾曲した頂上が見えた。さらにその先には、言葉に関する天賦の才能に口づけをする人に与えられたアイルランドのブラネリーのお城の奇跡の石もかすかに見えた。左側には、ベルギーにある魔術師広場の鐘楼が屹立していた。さらに廊下を進み、壊れた扉に到着する直前には、ミラコリのピアッツァまで見渡せる窓があり、手を伸ばすと、失神し倒れかけているピサの斜塔に触ることもできた。そうだ。その廊下からはヨーロッパ中が見渡せたのだ。扉に『マーストレヒト条約にようこそ』という文字があっても驚かなかっただろう。しかし、扉には何も書かれていなかった。扉には叩き金もなかった。扉を叩いたが、返事はなかった。重い木製の扉を押すと、わけもなく開いた。扉を開ける時、キーキーと陰鬱な軋む音がした。

こうして私は片隅が暗い部屋に入った。書類が山積みになった机の上に置かれている石油ランプは、部屋の奥まった所にいる年齢不詳の人物の顔を照らしていた。眼帯が彼の右眼を覆い、引っかけ鉤の手でヒゲの生えた口のまわりを掻きむしっていた。男の視線は机に注がれていた。物音ひとつせず、肌についたほこりのように重苦しい沈黙が支配していた」

こう言うと、ドゥリートは着ている海賊の服のほこりを払った。

「自分自身に向かって『一人の海賊、ここに見参』と言った後、私は机に向かった。その男は少しも動じなかった。われわれ、学のある騎士が人の注意をひくために行なうように、私はちょっと咳をした。その海賊は視線をあげなかった。そのかわりに、ドン・ホセ・デ・エスプロンセダ［一九世紀前半のスペインのロマン派詩人。「海賊の歌」「コサックの歌」などが代表作］までも拍手するような見事な発声で、小さなオウム（彼の左肩にいるのに気づいていた）が喋りだした。

『舷側に十門の大砲、順風満帆、波濤を切り裂くことなく、波頭を飛び越え、一隻の二本マスト帆船』

誰かが『座ってください』と言った。それが男なのか、オウムの声かは不明だった。海賊、つまり私が海賊であると思っていた男は、何も言わず、私に一枚の紙を渡した。私はそれを読んだ。おまえの読者も、おまえ自身も退屈させたくないので、要約しておまえに言うことにする。要するに、それは『海賊、バッカニーア、海のテロ大同胞団』勅令市民協会への入会申込み書であった。ためらうことなく私は申込み書に記入した。カブト虫で、遍歴の騎士であるという資格を強調しなかった。申込み書を手渡すと、男は黙ってそれを読んだ。読み終わると、隻眼で私をゆっくりと見つめながら言った。

『お待ちしていた。ドン・ドゥリート殿。私が地球に現存する正真正銘の海賊として最後の存在であることを貴殿はご承知のはずである。私が正真正銘と言ったのは、今や、大瓶の水などに目もくれず、金融センターや巨大な政府宮殿から強奪し、殺害し、破壊し、略奪する無数の海賊がいるからである。これが貴殿が担うべき使命である（私に古い羊皮紙文書の束を手渡した）。財宝を発見し、安全な場所に隠してくれ。今となって、申し訳ない。私はもうすぐ死ぬ』

この最後の言葉を吐くと、彼の頭は机に崩れ落ちた。そう、彼は死んでしまった。小さなオウムが飛びたち、歌いながら、窓から出ていった。

『ミティレーネの亡命者への通路、レスボス島の庶子への通路、そしてエーゲ海の誇りへの通路。怯えている地獄よ、おまえの九つの窓を開け放つのだ。そこにて、偉大なる赤ヒゲさまが休息することになる。赤ヒゲさまは自らの後継者を見つけたのだ。大洋から一滴の涙を作った人物が、今からお休みになられる。これからは、正真正銘の海賊の誇りが、黒い盾を携えて、航海することになる』。

窓の下には、スウェーデンのエーテボリ港が広がり、はるか彼方には、ニッケル製の竪琴が悲しい旋律を奏でていた……」

お話に完全に巻き込まれてしまい（数多くの場所や地名が登場したので少しばかり船酔いになってい

たが)、私は尋ねた。

「その後、何をされたのですか?」

「羊皮紙文書の束を開けないまま、私はきびすを返した。再び廊下を走り、バーとテーブルダンスの店に下りると、扉を開け、夜の街へ出た。そこはカンタベリー海に面するサンタンデールのペレダ通りだった。ビルバオに向かい、バスクの国に入った。ドノスティア=サン・セバスティアンの近くでは、縦笛と小太鼓にあわせてエウレスクとエスパタ・ダンス[剣の舞]を踊っている若者たちの姿を見かけた。ピレネー山脈に登り、ウェスカとサラゴサのあいだでエブロ川の流れに乗った。そこで乗船するための工夫をこらし、ピレネーおろしの強風のとどろくなか、エブロ川が地中海に注いで出来ている三角州まで下った。タラゴナまで徒歩で遡り、そこから有名なモンジュイックの要塞がある場所を経由し、バルセロナに向かった」

弾みをつけるかのように、ドゥリートはひと息入れた。

「バルセロナで、私はマヨルカ島のパルマまで運んでくれる貨物船に乗った。南東に針路をとったあと、バレンシア、さらに南下して、アリカンテの沖合を通過した。アルメリア、さらには遠くにグラナダを望むことができた。アンダルシアではあらゆる場所で、フラメンコの歌手がつぎつぎと、手拍子、ギター、タップを打ち鳴らしていた。アルヘシラスで曲がった後、カディスを横切るまで、大きなフラメンコ・ショーの一団がわれわれに同行してくれた。グアダルキビル川の河口では、コルドバやセビーリャからやってきた『死者の声』が響き渡っていた。ひとりのカンテホンドの歌手が歌いかけた。

『眠れ。ドゥリート。世界が愛するこどもよ。方角の定まらない歩みのために。素敵な歩みのために』。

ウエルバを遠くから眺めながら、我々はカナリヤ諸島の七つの大きな島に向かうことになった。そこで、われわれは大声で叫び、私は身体や心の変調によく効くというドラセナ（竜血樹）と呼ばれる木の味をほんの少し味わった。こうして、私はランサローテ島に到着した。そこで、先ほど言ったドン・ペペと論争を展開したのだ」

ドゥリートの長い諸国漫遊譚に疲れ果て、私は言った。

「うーーん！　ずいぶん長いあいだ遍歴されたのですね」

「まだ、喋っていないことがある」と彼は得意げに言った。

「先ほど尋ねたでしょう。『では、あなたはもう遍歴の騎士ではないのですか？』」

「いや、今も私は遍歴の騎士である！　海賊というのは仮の姿である。今は亡き赤ヒゲが私に託した使命を達成する期間だけである」

ドゥリートは私をじっと見つめた。私は考え込んだ。

「ドゥリートがこんな風に私を見つめる時はいつも……きっと……きっと」

「ダメです！」と私は彼に言った。

「何がダメなのだ？　何も言っていないぞ」とドゥリートは驚いて言った。

「たしかに。あなたは私に何も言っていません。だが、その目付きはよいことを意味するものではありません。あなたが私に何を言おうが、私の返事は『ダメ』です。私はゲリラ兵士として多くの問題を抱えています。何をいまさら、バッカニーアの問題に首を突っ込まねばならないのですか。イワシの缶詰に乗船するほど、気は触れていません！」

「私は海賊である。バッカニーアではない。二つは同じものではない。わが愛するデカ鼻の見習い水夫君。ついでに言っておくと、これはイワシの缶詰ではない。『おまえのヒゲを濡らせ』号という名前のフリゲート艦である」

私は侮辱しないように答えた。

「『おまえのヒゲを濡らせ』号ですって？ ふーむ。奇妙な名前ですね。要するに、『バッカニーア』か『海賊』かが、問題なのですね」

「勝手にしろ。だが、まず自分の責務を遂行せよ」とドゥリートはおごそかに言った。

「私の責務ですか？」と私はガードを下げて尋ねた。

「そうだ。よいニュースを全世界に知らせなければならない」

「どんなよいニュースですか？」

「だから、私が帰還したというニュースだ。これまでのような、長たらしくて、中身の濃い、退屈なコミュニケではダメである。おまえはその種のコミュニケで読者を拷問してきた。だから、そんな危険を冒さないためにも、私がコミュニケ文を作成し、ここに持参している」

こう言って、ドゥリートは袋から一枚の紙を取り出した。

私はその手紙に目を通し、もう一度読み返した。そしてドゥリートの方を振り返り、このお話の冒頭にあったように、「ダメ！ ダメといったらダメです！」と言いだしたのである。

皆さんをこれ以上退屈させないため、言っておきたい。ドゥリートが画策していたのは、私が国内外の市民社会宛に一通の手紙、つまりコミュニケをしたため、ドゥリートが帰還したことを皆さんに知らせることだった。
もちろん、私はダメですと断った。私は人権監視国際市民委員会の参加者が送ってきた手紙の返事を書かねばならなかった。その手紙は、近日中に再訪する予定なので、一九九八年と同じように委員会を信頼し、受け入れるというわれわれの言葉を頂きたいと要請するものだった。私は次のような返事を送ることにしていた。

EZLN

メヒコ、一九九九年十月

人権監視国際市民委員会の皆さんへ

仲間の皆さん

EZLN、そして抵抗する先住民共同体のこども、女、男、老人を代表し、皆さんにお知らせします。皆さんがこの土地を訪問されることは、われわれにとってもこの上ない栄誉です。われわれは皆さんを信頼しています。国際監視団にふさわしい敬意をもって皆さんは処遇されます。われわれの側から、皆さんの人道的な活動を妨害することはいっさいありません。皆さんと語りあうことを大変楽しみにしています。皆さんをお待ちします。

では、お元気で。皆さん

「名無し」島、失礼、メヒコ南東部の山中より。

メヒコ、フリゲート艦「おまえのヒゲを濡らせ」号

反乱副司令官マルコス
一九九九年十月

注目！　追伸が続きます。

追伸――譲歩することになってしまいました。

私が何度も否定する言葉を吐いたので、ドゥリートは財宝の一部を私に提供し、私を説得しようとした。そう、われわれは羊皮紙文書を点検し、財宝の在り処を描いた地図を見つけました。当然、われわれはまだ羊皮紙文書を解読できていません。しかし、冒険の誘惑は耐えがたいものです。

ところで、ドゥリートのテクストは？　少しばかり白熱した交渉の末、追伸として示すことで合意しました。そのテクストは次のとおりです……

追伸――国内外の市民社会へ

市民社会の皆さんへ

「スーペル・デュペル（ドゥリートのテクストどおり）からのよい知らせ、つまりお子さまやご年配の方々の喜びとなる贈り物を皆さんにお知らせすることは、私の誇りとするところである。巨大な金融センターは震え上がるだろう！　権勢を誇る偽りの紳士どもが巣食う宮殿をパニックが襲撃するだろう！　下にいる者たちは祝うだろう！　このうえなく麗しき娘たちは最良の晴れ着を準備し、彼女たちの胎内に潜む春はため息をつくだろう！　よき人々は理性を発見するだろう！　こどもたちは喜んで踊りだすだろう！　この世界に存在したもっとも偉大にして、最良の海賊（原本に抹消線）、失礼、遍歴の騎士が帰ってきたのである！　そう、ラカンドン密林のドン・ドゥリート（版権所有―ドゥリートのテクストどおり）である！　人類にとっては大いなる慶事である！　新自由主義に対しては、心からお悔やみを申し上げたい。ドン・ドゥリート、ここに参上。偉大なる存在が帰還した。そう、「偉大」とあえて言っておく。巨大にして、驚くべき存在、最上級の存在、チョウ・メガ・プラスの存在、この上なく美しく脆い特性を有する特別の存在（ドゥリートのテクストどおり）、唯一にして、比肩するものなき存在、男、男のなかの男！　ラカンドン密林のドン・ドゥリートさまである！　そう、そのとおーり！（ドゥリートのテクストどおり）」

（ドゥリートが私に全面開示した）ドゥリートのテクストはここまで。

まあ、こういうことです。ドゥリートはすでに帰っているのです。（私は深いため息をついてしまった）どうして頭痛がしだしたのか、私にはわかりません。

では、お元気で。どなたかアスピリンをもっていませんか？

副海賊（右目に眼帯で、とっても美男子――駄洒落は慎むこと）

出典―La Jornada, 1999/10/18

訳者からの追伸

サパティスタ民族解放軍（EZLN）が発表してきた文書は二種類に分類できる。ひとつは先住民革命地下委員会＝サパティスタ民族解放軍総司令部（CCRI－CG・EZLN）の宣言やコミュニケである。もうひとつは、報道機関や市民社会、会議参加者などに向けて副司令官マルコスが比較的「自由に」書いた雑多なテクストである。副司令（Sup）のテクストは、メヒコの政治や経済情勢を分析した時事評論や歴史、文学や芸術などに関する文化評論といった評論類と、「副司令のお話」と呼ばれるものに分けることができる。評論で論じられ引用される題材は、シェークスピアやコルタサルからメルセデス・ソーサやレイジ・アゲンスト・マシンなどにいたるまで縦横無尽である。

「なぜたくさんの文書を書くのですか？」という日本のテレビ取材に、副司令は「文章を書いていないと、発砲してしまうからだよ」と答えている。このことが示唆するように、「副司令のお話」にも次々と新しいセクションが生まれ、扱われるテーマは統一性を欠いている。この「副司令のお話」には関していくつかのアンソロジーが出版されている。『息苦しい夜のためのお話』（一九九六年、メヒコ刊）と『眠れない孤独のためのお話』（一九九七年スペイン刊／一九九八年、メヒコ刊）の二作品は、「ドゥリートの著作」とされている。また、一九九六年四月以降の副司令のお話や伝承や追伸は、『メヒコ南東部の山中から』（一九九九年、メヒコ刊）および『われわれの背後にはわれわれであるあなたたちがいる』（二〇〇〇年、メヒコ刊）として編集・出版されている。

「副司令のお話」には、タチョ、モイセス、アナ・マリアといった同志だけでなく、サパティスタ支持基盤組織の先住民共同体で暮らしているトニィータ、エバ、ベト、オリビオなどのこどもたちも登場する。こうした登場人物のなかで二名だけは、その特異な役回りで抜きでている。ひとりは老アントニオ（仮称）という人物である。老アントニオは先住民族の共同体の長老で、一九九四年三月に結核で死亡した実在の人物である。彼のお話を編集したものは、『老アントニオのお話』（一九九八年、メヒコ刊）として出版されている。また、彼のお話に先住民族マサテコの女性画家ドミティーラ・ドミンゲスのイラストのある絵本『色のお話』『質問のお話』『剣と木と石と水のお話』はメヒコや米国の出版社から刊行されている。老アントニオの口を通じて語られるのは、チアパスの先住民族の創世神話や伝承、先住民族の世界観などである。それは単なる古老からのメッセージや教訓ではなく、共同体の重要な記憶となっている共同意識を伝達する話しあいとみなすことができる。その意味でも老アントニオのお話は体系的なものである。

もうひとり？　の重要な登場人物こそ、本書の主人公ドゥリートである。彼にまつわる文章を編集したものとして『ラカンドン密林のドン・ドゥリート』（一九九九年、メヒコ刊）がある。それには一九九八年ノーベル文学賞受賞者ジョゼ・サラマーゴによる序文、そしてペアトゥリス・アウロラによる多彩色のイラストが付けられている。しかし、カブト虫のドゥリートの登場するお話ときたら……つかみどころがない。

副司令がチアパス山中でドゥリートと出会ったのは一九八四年十二月だったという。つまり、彼がチアパスで活動を開始した直後のことである。それ以前、ドゥリードがどこにいたのかは不明である。ベルトルト・ブレヒトとの共同発表の準備をしたとも、コナン・ドイルに入門する以前のシャーロック・ホームズを指導していたともいうから、百歳を越しているかもしれない。彼の市民としての名前はナブコドノソルである。この名前は紀元前六世紀にユダヤを征服しバビロニアに強制移住させた新バビロニアのネブカドネザル王に由来する。しかし、それが選択された理由は不明である。

通称のドゥリードは自らのアイデンティティを変身させつづける。当初、ラマンチャの郷士ドン・キホーテを気取って、遍歴の騎士を名乗っていた。サンチョの役の副司令を従え、ドゥリードは密林のセイバの木の上で月や星や蜂を相手に闘牛を行なっている。ついで、彼は亀のペガサスにまたがりメヒコ市まで遠征し、ハンフリー・ボガート気取りで孤独が支配する夜明け前の都市をさまよう。チアパスに帰還したドゥリードは、シャーロック・ホームズ気取りで、メヒコに危機をもたらした謎の人物Xを探りあてようとする。ドゥリードは童話作家だが、その多くは「猫とネズミ」「冷たい足と熱い足」「鹿毛色の馬」といった既存の題材をコピーしたものである。彼は多方面で活動する芸術家でもある。「踊り子とカブト虫」と題するピアノ作品からロックまでカバーする作曲家、ドゥリート・ダンスの考案者、前衛的な現代彫刻家であり、副司令のセミヌード画を描くイラストレーターでもある。そして、なによりも新自由主義に関する革命的理論家である。

そもそも、ドゥリートは新自由主義に関する理論を展開する場における副司令の対話相手として登場した。しかし、それ（ドゥリート理論）は、第Ⅰ部がないまま、「ラカンドン密林から見た新自由主義」

と題するドゥリート第II部から始まっている。第III、IV、VI部にも新自由主義という副題がついており、新自由主義に関する議論が展開されるのかな？ とつい思ってしまう。ところが、第VII、VIII部がないいま、いきなり「新自由主義―できの悪い……劇画タッチの歴史」と題する第IX部が登場している。『ラカンドン密林のドン・ドゥリート』の編者はこれを誤りと判断し、第VII部と修正している。そして、一九九六年夏にラ・レアリダーで開催された「人類のため、新自由主義に反対する大陸間会議」で副司令が行なった発表には「ドゥリート……前の次の部」と無責任な題がつけられている。その発表の副題は「新自由主義、スリッパ、クシ、歯ブラシと袋」なるものだが、新自由主義と関係する内容などほとんどない。この発表を聞いていたある人物は、内容も乏しく無責任な発表は、「もう、たくさんだ！」と立腹？ していた。

実際、ドゥリートが新自由主義論を展開しているのは、全体の約三分の一ぐらいである。しかし、内容は「新自由主義におけるグローバル化（globalización）の問題は地球（globo）が破裂することである」という命題に示されるようにきわめて単純明快である。

「人類のため、新自由主義に反対する大陸間会議」の後、約三年にわたるヨーロッパ諸国漫遊を経て、ドゥリートは一九九九年十月十二日にチアパスの地に帰ってきた。ラカンドン密林という緑の大海にそびえるセイバの大木に到着したドゥリートはそこを「名無し島」と命名し、自らを「黒い盾」という海賊であると宣言する。そして、今回の任務は最後の海賊「赤ヒゲ」に託された羊皮紙に記されている使命を遂行することである。その使命とはいったい何なのか？ これを解く手がかりは一九九四年夏に副司令が書いた一連の文書のなかにある。

八月の総選挙後に発表した『苦悩から希望への長い道のり』というエッセイで、副司令官マルコスは、サパティスタを「半魚人の歌う新自由主義の歌、黄金という岩礁、意気消沈という砂州への座礁」などが待ち受ける荒れた大海に漕ぎ出した海賊にたとえている。海賊船と見なされたのはEZLNの呼びかけによる第一回民族民主会議の会場として設営されたアグアスカリエンテスである。それが設営された場所はチアパス州南部の先住民族トホラバルの共同体グアダルーペ・テペヤックの村外れの小高い丘の中腹である。

副司令は、「皆さん、こんにちは。御乗船ありがとう」と全体集会で挨拶している。アグアスカリエンテスは船に見立てられていたのである。アグアスカリエンテスは「兵営、要塞、武器製造所、軍事訓練所、爆発物貯蔵所なのか?・」という問いかけに対して、「ノアの方舟、バベルの塔、フィツカラルドの密林の船、ネオサパティスタの妄想、海賊船」と副司令は定義している。連邦政府による「法律違反者」の巣窟という前者の視点に対して、副司令はアグアスカリエンテス=希望を乗せた船というメタファを提示している。

このメタファは民族民主会議の直前から登場している。八月六日のマスコミ宛コミュニケで、副司令は次のような秘密を公表している。部外者がいなくなる夜のあいだ、アグアスカリエンテスは海賊船に姿を変えるという。海賊になるのは、昼間は「法律違反者」であるサパティスタたちである。副司令の合図とともに、全員が目出し帽を脱ぎ、水夫になる。そして、会場を覆っている巨大な日除けテントは大きな帆、木製の長椅子はオール、会場の設営されている丘は巨大な船体、議長団用の演壇は艦橋へと姿を変える。こうして、ドクロのついた海賊の旗を揚げ、船首を西に向け、翌朝まで夜を徹して航海しているという。その時、副司令自身は右目に眼帯をつけ、木製の義足をはめ、切断した左手の端に鈎爪をつけているという。このいでたちは、「黒い盾」と称するドゥリートが見せびらかしている海賊船の船長とまったく同じ格好である。

アグアスカリエンテスという海賊船は、正義と尊厳のある平和を築くため、多様な色をもった人々が集う空間として、サパティスタによって確保されたものであった。この海賊船は、メヒコにおける左派勢力の空白を埋める役割を担うための民族民主会議を構成する多様な人々を収容する船として建造されたのである。だが、一九九四年八月の総選挙で、民主革命党の大統領候補は、得票率十六％という予想外（？）の結果しか得られなかった。民族民主会議は民主主義への移行をめざす多くの男女による非暴力の市民運動の試みを体現するものであり、選挙運動に限定されるものではないはずだった。船の甲板に乗り移った人々の中には意気消沈し、絶望した者も少なからずいた。自分の乗り込んだ船がすぐにでも目的地に着くだろうと、勘違いしていたのである。

一九九四年に出航した海賊船は、大海原で揉まれながら、巨大な軍艦の来襲に屈することなく、難破を恐れることなく、はるか彼方の水平線をめざして、現在まで航海を続けてきている。副司令は『苦悩から希望への長い道のり』で次のように述べていた。

「これが最後の余談——ところでセディージョは？　彼はサリナスから経済プログラムや市場経済の研究者という仕事だけでなく、非合法性と不正までも受け継いだのである。おそらく、彼はPRI最後の統治者となるだろう。六十五年前から始まったこの悲喜劇の映画は、フェイド・アウトし、今世紀とともにきっと消滅するだろう。このチアパスの地に夕闇が迫り、雨が降りはじめるように」

六年前の予測が的中した二〇〇〇年夏、はたして追い風は吹き出したのか?

他者の作品を盗用する海賊行為は知的所有権を侵害する犯罪として認定されている。しかし、新自由主義という奇形化した市場経済中心主義のもとで失業状態にある人々にとっては、この種の海賊行為は生き延びるための有効な方法かもしれない。メヒコでは副司令が書いた文書は、さまざまなかたちで複製され、活用・盗用されている。「できれば、より広範な人々が手にできるように編集した原本を買ってほしいが、コピーする場合は出版社名を明記してください」という良心的な意図のもとで編集された出版物から、コピー厳禁という商業出版にいたるまで、多種多様の「マルコスの本」がある。しかし、私たちの場合は、そのまま複製というわけにはいかない。日本語に翻訳しなければならないのである。苦労の多い、失業対策にもならない海賊行為? をすることになる。

日本語版の編集・翻訳にあたっては、最初のテクストが発表された日刊紙ラ・ホルナーダのテクストを参照した。大部分は前記の『ラカンドン密林のドン・ドゥリート』に所収されている。例外は、『眠れない孤独のためのお話』からとった第十五章の「副司令のヌードのオークション」、一九九九年十月に発表された最終三十一章の「帰ってきた……」の二つである。しかし、翻訳した部分や章構成に関しては、『ラカンドン密林のドン・ドゥリート』と微妙に異なる部分がある。書き出しや後書きの箇所で読者が理解するために必要と思われる部分は翻訳したが、不必要と判断し削除した部分もある。また、メーデーの感想、ヨーロッパ侵攻の警告、愛や自由についてのコメント、好きなアイスクリームなど、短いテクストでも日付が異なっているものはひとつの章として独立させている。

翻訳作業は苦しいが、楽しいものだった。「副司令のお話」には回りくどく、わかりにくい表現が数多くある。造語だけでなく、何を指すのか判断できない単語、適切な訳語が見つけにくいものもかなりあった。わかりやすい文章にしようと努力したが、あまり自信はない。いくつかの不明な点に関しては、オラシオ・ゴメス・ダンテス氏から適切なコメントをいただくことができた。また、穐原三佳さんからはカルロス・モンシバイス宛の奇妙な表題の書簡「木と法律違反者と歯科学について」（第十三章）の翻訳に関して全面的な協力を仰ぐことができた。また、井上亜木、大槻真理さんには全体を通読し、分かりにくい表現を指摘していただいた。この四名の方々にはここに記して感謝したい。

残念ながら、第十三章の最後にある暗号文書の謎は、最後が「?-」であることだけ判明したが、残りは未解読のままである。何とか解答を知りたいので、読者の方々の協力を仰ぎたい。また、帰ってきたドゥリートは二〇〇一年春のサパティスタ代表団の首都行進にもミニパトカーに変装して同行し、首都の下層労働者の居住区や大学で珍妙なお話をしている。彼のその後の暗躍については、メキシコ先住民運動連帯関西グループのホームページ（http://homepage2.nifty.com/Zapatista-Kansai）で適宜紹介している。興味のある方は検索してください。

最後に、速やかなる刊行が約束されていた『もう、たくさんだ！　メキシコ先住民蜂起の記録2』を待ちわびていた読者の皆様には、お詫びかたがた、挨拶と予告をさせていただきたい。『もう、たくさんだ！』の第2巻は？　さらなる忍耐を⁉

二〇〇四年春　　小林致広

【著者紹介】
マルコス副指令 (Sup Marcos)
メキシコ・チアパス州で1994年に反政府・反グローバリズムの主張を掲げて武装蜂起したEZLN（サパティスタ民族解放軍）に属する、非先住民族出身のスポークスパースン。メキシコ政府は実在の誰某であると特定しているが、人前ではつねに覆面をして素状を明かさず、その半生も不明の謎の人物。「文章を書いていないと発砲してしまうからだよ」と自ら語るくらい、驚くべき文書生産量を誇る。メキシコ政治・社会論、時事評論、文化評論、インタビュー、寓話など、その多彩な表現は、今後も順次小社から刊行予定。

【登場人物紹介】
カブト虫ドゥリート (Durito)
メヒコ（メキシコ）と呼ばれる国の南東部、ラカンドン密林で1985年12月に生まれたカブト虫（生年には諸説あり、真偽のほどは不明）。市民としての名はナブコドノソルだが、その名で知る者はおらず、「ドゥリート」がゲリラ名であり、遍歴の騎士としての名でもある。新自由主義に対して断固として敵対する者。

【著訳者紹介】

小林致広（こばやし　むねひろ）

1949年、広島県福山市生まれ。

神戸市外国語大学教員。中南米の民族史を研究。

主著に『メソアメリカ世界』（編著、世界思想社）、『われらが先祖の教えに従いて』（神戸市外国語大学外国学研究所）、編訳書に『もう、たくさんだ！――メキシコ先住民蜂起の記録１』（共編訳、現代企画室）、『インディアスと西洋の狭間で――マリアテギ文化・政治論集』（共編訳、現代企画室）など。現在、マルコス副指令の『老アントニオのお話』および『メキシコ先住民蜂起の記録２』を編集・翻訳中（いずれも、現代企画室より刊行予定）。

ラカンドン密林のドン・ドゥリート

発行……二〇〇四年四月三〇日　初版第一刷一五〇〇部
定価……二五〇〇円＋税
著者……マルコス副司令
訳者……小林致広
発行人……北川フラム
発行所……現代企画室
住所……101-0064東京都千代田区猿楽町二―二―五―三〇二
電話――〇三―三二九三―九五三九
ファクス――〇三―三二九三―二七三五
E-mail：gendai@jca.apc.org
http：www.jca.apc.org/gendai/
郵便振替――〇〇一二〇―一―一一六〇一七
印刷所……中央精版印刷株式会社
ISBN4-7738-0105-0　C0031　Y2500E